KONOPIELKA

Edward Redliński

KONOPIELKA

Prószyński i S-ka

Projekt okładki
Paweł Panczakiewicz

Zdjęcia na okładce
Filmoteka Narodowa/Studio Filmowe PERSPEKTYWA

Redakcja techniczna
Jolanta Trzcińska-Wykrota

Korekta
Andrzej Massé

Łamanie
Małgorzata Wnuk

ISBN 978-83-7469-845-0

Warszawa 2008

Wydawca
Prószyński i S-ka SA
02-651 Warszawa, ul. Garażowa 7
www.proszynski.pl

Druk i oprawa
ABEDIK S.A.
61-311 Poznań, ul. Ługańska 1

Co innego wstawać latem, co innego zimo. Słonko to zawsze wstaje równo, zaraz po kogutach, i to zima czy lato, tyle że latem pokazuje sie od razu, latem dużo roboty, a zimo, jesienio wyleguje sie: nie wschodzi na niebo, bo po co? Leży sobie pod spodem, wygrzewa sie po ciemku, czochra sie, całkiem jak w chatach gospodarze.

Jesienio gospodarze wstajo długo, po trochu, posmakować lubio. Jakby taki był, co by widział przez ściany i przez ciemno, to on by może i widział, co gospodarze robio, jak koguty w sieniach odśpiewajo im trzecie pobudke.

Przecknąwszy sie oczow nie odmykajo, leżo, leżo sobie pod pierzynami jak bóchenki w piecach, jak w gniazdach jajka pod kurami, każdy rozgrzany, rozpalony, baba jemu do plecow przylipła, dycha w szyje aż parzy, w nogach ciepło, w łokciach ciepło, pod pachami ciepło, aj dobrze, żaden nie ruszy sie, nie drygnie, żeb tego swojego przytuliska, ciepliska Broń Boże nie zruszyć, leży, poleży, jeszcze trochu, troszku, aj nie chce sie z gniazda ciepłego wyłazić. Ale to że tamdzieś słonko ockneło sie i czas wstawać, świdruje to, poszturchuje.

Taki, co by widział przez ściany i ciemno, zobaczyłby naraz we wszystkich chatach nogi, jak raptem myk wyłażo spod pierzynow i bose szukajo podłogi, macajo. A już i głowy, plecy dźwigajo sie, prostujo i nie wiadomo kiedy na wszystkich łożkach siedzo męszczyzny w gaciach i koszulach, oczy dalej majo zapluszczone.

Nie odpluszczajo, bo chco sobie poziewać: poziewać i poprzeciągać sie na siedząco, uch, co to za siły natężajo tak od środka, że głowy poodrzucało aż na łopatki, ręce rozkrzyżowało, brzuchi, plecy w dugi wygieło! Siedzo w pomroce, wygięte, naprężone, aj dobrze im, dobrze!

Naraz sprężyny puszczajo: miękno chłopy, zwijajo sie, bezwładniejo, ręce zsuwajo sie im między kolana, siedzo miętkie, bezwładne, jak nieżywe, jakby ich nie było, ile czasu tak siedzo? Nie wiadomo, nikt nie wie, nima komu wiedzieć. Siedzo. Siedzo Jurczaki, Bartoszki, Mazury, Koleśniki, Litwiny, Orele, Prymaki, Dunaje, Kozaki, czterdzieście gospodarzy na czterdzieści łożkach, oni w swoich chatach najważniejsze, wstajo piersze: siedzo sobie, siedzo. A teraz przydałby sie taki, coby słyszał przez wszystkie dźwi, ściany: taki posłyszałby raptem we wszystkich chatach uchanie, sapanie, pufanie, marmotanie: to zimno wzdrygneło ich, poruszyło, zaczynajo gospodarze ćme rozganiać, tuman, co głowy mroczy, odprawiajo drapanie, postukiwanie, szorowanie paznokciami w kostke, łydke o łydke, kolanem o kolano, czochranie sie pod pachami, po żebrach, w pachwinach, pod kolanami. Brodo o koszule chręszczo, jednym kułakiem krzyży rozcierajo, drugim oczy, a wyginajo sie przy tym jak baby w połogu, a stękajo, a gęby wykrzywiajo. I dobrze, ludkowie, oj jak dobrze! W uchu powiercić jeszcze, smarknoć na podłoge, kachnoć na szczęście i żegnawszy sie ręko ciężko jeszcze, zaspano, na słowie Amen oczy odpluszczyć.

Odpluszczysz i latem widzisz brzezinke za rzeko i słonko: jak z trawy wstaje, prostuje sie na cztery łapy, przednie zadziera, wyciąga i po brzozach w góre, czerwone lezie. A ptastwo w krzyk, że dzień sie zaczoł!

A cóż jesienio, ech, jesienio odpluszczysz sie i ciemno, głucho, za oknem czarno, w chacie jeszcze czarniej. Na łożku pierzyna ledwo bieleje, choć w białej poszwie ona, a głowe żonki na poduszce nie tyle widać, co słychać, dychanie słychać. Przy drugim szczytku, w nogach, dychajo dzieci. Kołyski, co wisi między łożkiem a pieco, jakby nie było, ani widu, ani słychu, trzeba aż nachylić sie nad głowke, wtedy doleci poświstywanie przez chrapki, dychanie drobne, kociacze. Dycha, żyje, nie umarło. A na przypiecy chrr, uchch, chrr, uchch, szum taki, jakby traczy belke piłowali, piła jeździła to wte to wefte. Ale to nie traczy, ktoż by traczował na piecy, tatko to, tato pod kożuchiem dosypiajo nocy.

Za ściano słychać drugie wstawanie: trzeszczenie łożka, pokaszliwanie, marmotanie, ktoś zbiera sie, szykuje tak samo jak ja: to Michał, brat, słychać, bo ściana cienka, z deskow, deskami tatowa chata między dwoch synow na połowki przedzielona.

Ot i pomału sie wstało. Oczy patrzo, niby widzo, ale ślepe, tylko na pamięć wiedzo dzie kołyska, piec, ceberek, dzie dźwi: ide półślepo, odmykam półomackiem, zawias zapiszczał, kury przestraszyli sie w sieniach, szurajo na drabinie, grechoczo. Wychodze za prog, na kamień.

I teraz jakby taki był, co by słyszał naraz ze wszystkich podwórzow, to on by posłyszał teraz w wiosce jeden wielki szum i pomyślałby: co to? Czy grad nadciąga i wiater wleciał do wioski? Czy deszcz zaszurał raptem po liściach? A może to wróbli wielko plago wlecieli w ogrody i szepoczo w trawie?

Nie, to nie wiater, nie deszcz, nie wróbli. Taki, co słyszał ten szum, jakby on jeszcze do tego móg widzieć przez ściany i ciemno, taki zobaczyłby na progach i kamieniach czterdziestu gospodarzy: Jurczakow, Bartoszkow, Mazurow, Koleśnikow, Litwinow, Orelow, Prymakow, Dunajow, Kozakow, czterdziestu chłopa by zobaczył, jak stojo boso w gaciach i koszulach i szczo szparko, stromo w koprzywy pod płotem: tamtego dnia, prawda, koprzywy już nie było, struchlała, biały mroz leżał na ziemi, powietrze zimne było, syrowe, ciemność bura, nawiśnięta, od razu wiadomo co z pogodo: bedzie padało, zimny deszcz, a może i szadź, e, myśle sobie, nie pojade dzisiaj do brzeziny, a na co mnie moknąć na takim ziąbie, pogoda w sam raz na stodole, do cepa.

Czasu przeszło nie więcej jak płachte wysiać i braś! bach! paf! słychać dźwi w wiosce: to męszczyzny kończo szczanie, wracajo z nadwora. I ja kończe, bo zimno, brr, ziąbu naszło pod koszule, prędzej do chaty! Nawet kury jeszcze nie wychodzo, siedzo w sieniach, jeszcze im na dworze za ciemno, za strasno. Wciągam nogawicy i walonki, na koszule palcik i kożuszek, na głowe czapke. I teraz zachciewa sie mnie zimnej wody. Kubek z goździa zdymuje, zaczerpam ze skopka, pije, cały duży kubek wlewam, lubie nasłuchiwać jak zimno rozchodzi sie po brzuchu. Rozeszło sie i już ja całkiem przecknięty, mogby iść do młoćby. Ale jeszcze w stodole za ciemno, posiedze póki nie wywidnieje.

Na stołku przed pieco siadam, wyjmuje z kieszenia papierek złożony w ośmioro, naddzieram rąbek, z drugiego kieszenia biore szczypke machorki, skręcam ośliniwszy brzeżek, żeb trzymało sie, nu i mam papierosa. Teraz szukam w popiele węgielka. A jakże, większy mniejszy, zawsze sie jakiś żarzy od wczoraj. Przypalam, zaciągam sie i siedze sobie po ciemku. O czym ja myśle tak przed popielnikiem? Ha, prawde powiedziawszy, to ja wtedy nie za bardzo myśle. Myśle niemyśle. Ot, roi sie coś pod czapko: że u świniow dźwi zlatujo, trzeba bedzie przybić zawias. Czy Grzegorycha oddała już nafte, co pożyczała na pogrzeb, czy nie oddała. Ile jeszcze do ocielenia sie Raby, prawie miesiąc? Co za czerwona ptaszka świergotała wczoraj na sokorze, nigdy ja takiej ptaszki nie widział. A sokor, jak on choroba pogrubiał, ależ wyros: jak z czubka na wioske patrzyć, jakaż ona maleńka! A bagno szerokie, bez końca, morze. Ojezu, co zemno, lece, zleciał ja z sokora i lece nad chatami jak boćko!

Aha, to śni sie, ni to śpie ni nieśpie: nad wiosko lece, ale i w chacie siedze, na stołku. W chacie? Prawde powiedziawszy, wcale ja tej chaty nie widze: dycha ktoś po ciemku, ale kto, co? Toż nie chodzo, nie odzywajo sie. A może ja w stodole? może w jamie? w boru? Ciemno, czy to wiadomo co jest, czego nima? Nu a ja sam: jest ja czy nie? Chiba jest, tak, czuje, że coś jest: tam dzie głowa jakoś widniej, jakby kądziel bielała w ciemnie. Ale nogow, plecow, ręcow nie czuje.

Nie czuje, nimam póki sie nie rusze. A rusze sie, bo w końcu coś wzdrygnie mno: czy to ręka sie obsunie, czy głowa raptem oklapnie, porusze sie i już czuje: o ręka, o nogi, o głowa! O, ja! I słysze sapanie, i wiem: te tatowe, te Handzine, te dzieciow. A papieros zgasnoł, nie wiadomo dawno czy tylko co, długo ja myślał niemyślał, śniło sie nieśniło, czy nie długo. Co dalej? Znowuś rozdmuchuje popioł pod płyto, dodmuchuje sie iskry, przypalam. Na dworze brzaśnieje, trochu widniej, nu, możno budzić.

Szturcham żonke: Wstawaj Handzia! Ona stęknie i nic, śpi jak spała. Jeszcze raz szturcham: Wstawaj Handzia, dnieje! Ona ziewa, ręce przeciąga, oczow nie odpluszcza, przeciągnąwszy się siadać zaczyna, pierzyne podciąga na cycki, zimno, za noc piecy wystygli. I siedzi tak półspawszy.

Ja ze stołka po chacie patrze: już widać kołyske, kożuchi na murku, łożko, Handzie na łożku.

Siedzi i siedzi niedoprzykryta pierzyno, cycki rękami zakrywa od zimna, oczy wytrzeszczywszy nieżywe, szklanne, niby zbudzona, a wygrzebać sie z nocy nie może, jeszcze nogi, brzuch nieprzecknięte. Mamrocze coś, gęba sie jej rusza jak krowie, co przez sen trawe żuje. Aż głowo strzącha, odmyka oczy i mowi, co jej sie śniło: We śnie ja dzieci biła, czy to gości bedo?

Wyłaź, mówie, nie bedziesz gościowała pod pierzyno. Ona stęka i ręke po kaftany, serdaki wyciąga. Na przypiecy zaruszali sie kożuchi, zaświeciło łycho, zgasło: tatko nałożyli czapke na głowe. I oni wstajo. Pięty świerzbio, co to za wrożba, pytajo, jak ręce świerzbio, coś sie podwędzi, ale co pięty?

Bo śpicie w walonkach, na to Handzia, zdymajcie na noc, nie bedzie świerzbiało. A tatko badajo świerzbiny: ściągneli walonki i rozsiadłszy sie w kożuchach, trach pazurami, trach, drapio sie po łydkach i piętach. Handzia obuwszy sie, skopek bierze, zbudzona a niedobudzona idzie doić, ale jak idzie? Krok, dwa i stanie: postoi, poziewa, wzdrygnie sie, znowuś idzie, po drodze stołki przewraca, w szmatach sie plącze, mało co widzi.

Poszła doić, póki z mlekiem nie wróci sie, posiedzieć możno, poroić pod czapko. Siedze przed pieco, śpie nie śpie, myśle nie myśle, aj dobrze. Dzień sie sam zaczyna, wszystko idzie jak trzeba, jak wczoraj, jak kiedyś, jak było na początku teraz i zawsze i na wieki wiekow Amen.

Aż tu:

Aż tu słychać kroki i wołanie z nadwora: Raba ocieliła sie, chodź Kaziuk, prędzej!

Ocieliła sie? Jakże ona ocielić sie mogła, kiedy adwent tylko co zaczoł sie, bydłowała przed Wojciecha, jej czas przed samymi świętami.

Co ty pleciesz kobieto, mówie, Rabie brakuje prawie miesiąc!

Brakuje nie brakuje, ale cielak jest, upiera się ona. A tato pośpieszajo: leć, leć, Kaziuk, musi jakiś niedonosek! A może Nie Daj Boże zrzuciła!

Lece na gumno dużymi krokami, zaglądam do chlewa, prawdziwie: coś czarnego w słomie leży, ale pod płotem, co odgradza krowe od kobyły, jakoś tak że, widze, obydwie i krowa i kobyła jego oblizujo! A cóż u czorta za dziwo?

Może to źrebie, mówie z proga.

Jakie źrebie, na to żonka, toż kobyła nie była źrebna!

Ale czy żywe? pytam sie i wchodze. Biore małe rękami pod brzuch, wynosze do proga, na widniej. Chwała Bogu, ciele, jakieś małe, marne, ale żywe, ha, ocieliła sie Raba sama, bez niczyjej pomocy! Bywa.

Trzeba nieść do chaty, mówi Handzia, toż ono, chudzinka, skapieje tu z głodu, chłodu!

Trzeba, mówie, bierz w chfartuch, nieś, powycieraj, ja do stodoły skocze po słome na pościel.

Ale co sie nie robi! Bierze Handzia cielaka w chfartuch, do proga idzie, a tu do dźwiow napierajo i Raba, i Siwka! Że Raba ryczy, to rozumiem, ona krowa. Ale czegoż Siwka rży, gwałtuje, toż ona kobyła! Dźwi zamykam, słysze ryczenie i rżenie! Coż u czorta! Przyglądam sie kobyle: ona łbem kiwa, na mnie napiera, rży, o choroba, a jaki ty masz w tym interes? Czemu ty cielaka oblizywała, słyszał kto, żeb żywina cudzy płod oblizywała?

Zamykam dźwi, snopek biore. A tu już Handzia zaniosszy ciele, wróciła sie doić Mećke. Zacznij od Raby, radze, zobaczym, czy mleko dośpiało, czy niedonoszone.

Handzia przysiada, skopek kolanami ściska, głowe wpiera w pachwine, doi, Raba cichnie, nasłuchuje ciurkania w skopku. Zaraz Handzia palcem probuje smaku: dobre, z siaro, jak trzeba.

Nu to Chwała Bogu, mówie, tylko żeb ciele wyżyło. Szymona Kuśtyka zawołaj, radzi ona, najlepiej na tych sprawach znajo sie Szymon.

Zanosze słome, ale już tato położyli cielaczka do łożka, pod pierzyne między dzieci, dzieci jak bąki cielaka obsiedli, gębe jemu rozdziawiajo, zaglądajo, za ogon ciągajo, nadaremno dziadko ich proszo, straszo. Na słome nie kładź, radzo mnie, słoma zmarznięta, zimna, na razie rozściel, niech ona zagrzeje sie.

Słome w kątku rozścieliwszy, do Kuśtykow lece. Baranice Szymon nałożyli, fajke zgasili i za mno zaraz podążajo.

A Kuśtykiem przezywa sie ich od zgiętej nogi: jedne noge majo od małego, po wrzodzie, skurczone na zawsze w kolanie, przyrośnięte pięto do pułdópka, a zdrowa noga wyprostowana do przodu. I chodzo tak, dópo przy ziemi, jedne noge wprzód rzucawszy, jakby co krok próbowali wstać z przysiadu i nie mogli. Te wygode majo, że rękami podpierać sie mogo, a na drodze, w polu gadajo ze stojącymi na siedząco, siedzo sobie pułdópkiem na obcasie jak na pieńku, tyle że do rozporkow gadajo, bo głowa nisko. Ale niechno dźwigno sie na tym zdrowym nożysku, gruszke urwać, w gębe dać, niechno stano na jednej nodze z tym kuśtykiem podkulonym jak bocianisko, o, dopieroż widać, jaki duży miał być z nich męszczyzna.

Powiedziawszy pochwalony, zaglądajo Szymon do łożka, pierzyne odchyliwszy. Najpierw mordke palcami odmykajo, w zęby patrzo, od razu ogłaszajo: Bił ktoś Rabe i temu zrzuciła. Kto bił?

Ja na to, że nikt cielnej krowy nie bije! Ale gorsze dziwo, mówie: Siwka przez płot oblizywała te ciele jak swoje, a jak sie zabierało, rżała za nim jak matka! O! Szymona przestraszyło. Usiedli Szymon na progu i dumajo: Kobyła? Hm, kobyła. Co ma kobyła do cielaka.

A pamiętacie Wrone, co pod wierzbo zamarz? Ja pamiętam, co opowiadali stare: U Wrony, co pod wierzbo zamarz, klaczka zrodziła kiedyś czarnego barana!

E tam, może zrodziła, może nie, mówie, ja tam tego barana nie widział.

Tu już i tatko za Szymonem sie ujęli: Ale byli takie, co widzieli, ostrzegajo tatko, widzieli, bo im noco droge przestępował, iskry sypał!

I dzie on teraz?

A rozsypał sie.

Ale czy mogła klaczka barana urodzić?

Zaperzyli się Szymon: A to ty nie wiesz, że czort lubi noco na koniu pojeździć?

Wiem, wiem to, bo wszystkim wiadomo, że lubi: nieraz zaszedszy rano do chlewa widziało sie, jaki koń umęczony: cały mokry, boki białe, a na mordzie i mięż nogami szumowina aż syczy! Ale co z tego?

A to, tłomaczo Szymon, że u Wrony czort jeździł w osobie czarnego barana, za barana przybrany. Jeździł, jeździł, mało było hadowi jeżdżenia na klaczce, na koniec wzioł i wyruchał. A z czerciego nasienia coż urośnie, jak nie czerciątko? I urosło, w osobie czarnego baranka, i straszyło na drogach!

Ale, co wy stryku, nie straszcie, mówie do Kuśtyka, chiboż nie wierzycie, że i moje ciele straszyć bedzie? Raba do byczka była wodzona, jak trzeba, zreszto nie słychać, żeb czort za czarnego byczka sie przybierał.

13

Nie, nie, ja nic takiego nie mówie, spokojo Szymon, ale radze na taki siaki przypadek odczynić, bo jest od czego: raz że ono czarne, dwa że wczesne, trzy że kobyła lizała!

To może i kobyłe odczynić? pytajo sie tato. A Szymon głowo kiwajo: Kobyłe wyprowadźcie z chlewa, aby zadnimi nogami za prog i wepchnijcie nazad, chwostem do przodu. Tak samo i Rabe. A ciele ja odczynie od razu. I Szymon drapacz spód piecy chlebowej bioro i nad cielem sie wyprostowawszy, przeżegnali cielaka drapaczem po skórze od głowy do ogona. W tym czasie Handzia ze skopkiem wchodzi.

I mleko odczyńcie, radzo Szymon, przecedźcie przez święcony wianek, najlepiej z krzyżowego ziela.

Handzia cedzi mleko przez wianek, jak Szymon kazali, my patrzym sie, czy jaki fokus nie wyskoczy ze skopka, ale nic, mleko leje sie jak trzeba. Ale słychać, że krowa bardzo ryczy w chlewie, a kobyła rży! I nie wiadomo, z głodu czy za cielakiem. Idziem z Kuśtykiem i tatkiem na gumno, żywino sie zając. Zawiązał ja Rabie postronek na rogi, wywiódł z chlewa aby za próg i wepchnął tyłem, a niełatwo było wepchnąć: zapierała sie, przysiadała, łeb wykręcała. To samo z Siwko: rżała, postękiwała, ukąsić w ręce próbowała. Ale choć odczynione, dalej to samo: rżo, myczo jak przedtem.

Aż jak ja im w żłoby dał, ucichli, siano gęby pozatykało. A Handzia wiadra niesie, do koryta przed chlewem ciasta nalewa i świńskie dźwi odmyka: wyskakujo prosiaki, dwa małe jak koty, trzeci pół psa, na Wielkanoc pod nóż pójdzie. Jedzo, przepychajo sie, z ryjow im sie ciasto chlapie, kury sprytnie poddziobujo to spodspodu. I rozglądam sie po gumnie: wszystko jak trzeba, świni jak trzeba, kobyła nie rży, krowa nie ryczy, Daj Boże, żeb ciele wyżyło i wyrosło mnie na ładne jałoszke. Bóg wam Zapłać, dziękuje dla Szymona, bo kuśtykajo już do domu, a i my z tatkiem do chaty idziem, tatko bose, wysoko nogi podnoszo, jak gęsior na lodzie, bo biały mroz leży na gumnie. A tu najmniejsze w kołysce rozkrzyczało sie, tato za sznurek bioro, kołyszo, ale nic, nie pomaga, wiszczy jak wiszczało. Handzia podstawia stołek i z policy, z najwyższej deski, kubek z mączko cukrowo zdymuje. Zdjeła i zaraz na nas popatrzyła, to na mnie patrzy, to na tatka: który jad, Jezu, nic przed wami nie uchować, nu, który mączke wyjad? A widzi, że ja pilnie słome w kącie rozściełam, tyłem odkręcam sie do niej. Ty, Kaziuk?

Nie, nie, mówie, choć prawda, wziął ja, wzięło sie trochu wczoraj pod wieczór na posłodzenie chleba. Ale co mam giąć sie przed babo. A łgać nie chce. Nu to nic nie gadam.

Ona patrzy srogo na tata: Wy? Kręco głowo, że nie oni, a oczami pódłoge zamiatajo, widać też do kubka sie dorwali. Ale kiedy? Jak mnie Handzia do krowy wywołała? Takie bystre? Rozsierdziła sie: Nie wy? Nie ty? To kto? Oni? Dzieci powyskakiwali z łożka, wiedzo, że w kubku mączka jest, stojo pod matko bose, w koszulach, łebki pozadzierali, zapatrzone w kubek, jak psiaki w cedziłko.

Nie gadaj tyle, ucinam ja kazanie jej na stołku: dzieci gołe, śniadanie nienastawione, a ona tu gorzkie żali odprawia!

Usypała Handzia mączki w białe szmatke, obciągnęła, główke nitko obwiązała, ośliniła, żeb przesiąkło, posmoktała dla próby i wtyka małej do mordki. Poczuło słodkie, ssie zapluszczywszy oczki, cichnie.

Ale na dwie trzy chwilki: Ziutek, najstarszy, zaraz pod kołyske wlazszy ciszkiem, wyrywa małej soske, chowa się pod łożko i sam smokcze. Oddaj, krzyczy

Handzia, oddaj, mówie! Wyłaź spod łożka, bo cie tam Marmytka po ciemku załachocze, wyłaź! Aż polanem od matki dostawszy, wyrzuca soske: Handzia jo obciera, znowuś małej wtyka, mała cichnie, za to Ziutek rozżalony, ryczy aż szyby dzwonio, nie wiadomo czemu przyłączajo sie młodsze dzieci, zaraz też przyłączajo sie dzieci Michałowe za ściano, do tego jeszcze ciele zajęczało, huk, wisk w chacie, jak na odpuście, od tego wizgu komin sie zatknoł, dym wraca sie z powrotem, ciemno, smród, nie do zniesienia. A dajże im tej mączki, może ścichno, krzycze do Handzi. I prawdziwie, tylko staneła pod polico, po kubek ręce wyciągnęła, pisklaki ucichli jak nieme i gapio sie w matke. A ona najsampierw daje im po glonie chleba, a kiedy staneli wkoło stołka, sypie pośrodku kupke białego, a smurgle na wyprzedki nuż językami ślinić chleb, wtykać w mączke i oblizywać, obgryzać!

Tatko nie wytrzymujo tego dobrego: I mnie daj, proszo, widać oskoma ich przemogła, ręke wyciągajo. Tak? A powiecie, kto z kubka podbierał, naciska Handzia, nie powiecie? Ukroiła skibke, trzyma im pod nosem: powiecie? Tatko chleb łapio, złapać nie mogo, ona zabiera. Ja brał, przyznajo sie, daj! A ona: To pamiętajcie, żeb więcej nie brali!

I dopieroż, ośliniwszy skibke z wierzchu, posypuje mączko i daje im do ręki.

A tu już siara w saganku sie przygrzała dla cielaczka. Siadam na słomie i wziąwszy głodomorka za łeb pod pache, gębe jemu rozdziawiwszy, wlewam te mleko siare: z początku ciele dusi sie, zatyka, wypluwa, kaszla, głowe wykręcywa, aż łapie sposob na dychanie nosem i pije samo, oczy wywraca ze smaku. Za ten czas Handzia wrzuca do saganka kiszonej kapusty i skwarke, do dwóch większych saganow nasypuje kartoflow świniom i bierze sie za małe. Pohuśtawszy w rę-

16

kach, siada na łożku cycki dać. I tak sobie poimy, ja cielaka, ona dzieciaka, a rozsmakowali sie, że obydwum w gębach pieni sie ze szczęścia, dzieciak nawet popurkuje.

W sieniach rozkrzyczała sie kura, Handzia nasłuchuje, zadowolona, że jajko bedzie, łokciem cycke przyciska, niech małe prędzej pije. Podkarmiwszy, kładzie pisklaka do kołyski, kaftan obciąga i idzie do sieni, jajka wybrać z kosza.

Przynosi, ale tylko jedne: dzie drugie, pyta sie, wczoraj szczupała ja wieczorem, dwa naszczupała. Co z drugim?

Tchor chiba nie ukrad, mówie, kury krzyczelib, słychać by było. Znaczy że ta druga kura jeszcze nie zniosła, abo zniosła dzie dziko. Może w żłobie?

Kończe poić, cielak prawie cały saganek wydundził, oczy zapluszczajo sie jemu z sytości, głowa w słome leci. A niech śpi sobie, biore pierzyne, przykryje, niech rozgrzeje sie sierotka. I bydlaczka opatuliwszy ide szukać jajka.

Przeszukał ja i żłoby i pód żłobami, chlew krowiaczy i koński. W stodole kąty sprawdził. Grochowiny pod oczapo obmacał. W chlewach słome na rosztach przeszukał. Stodołe obszed wkoło. Wiory i trocienie koło chrostu przetrząsnoł. Pod gałęzi zaglądnoł. W łopuchi pod gruszkami, pogniłe, śmieciate zajrzał, czy tam dzikiej jamki nie wysiedziała, jajka nie schowała. I nic, ni widu, ni słychu, nima zguby nigdzie.

Ot, zaraza, ale chitra, mówie do Handzi, ależ schowała. I którna to?

Słysze, że nieśne byli ta z biało szyjo i bezogoniata, ale którna zniosła, którna nie zniosła, tego Handzia nie pamięta. Zdaje sie kokudakała ta bez ogona, mówi na koniec, bo było kot, kot, kodak! Kot, kot, kodak! A tak kokudakcze ta bez ogona.

A co ty, ta bez ogona inaczej, przeciwie sie, ona kro, kro, krak! Kro, kro, krak! znaczy, że ta z biało szyjo zniosła, to ona kokudakcze kot, kot, kodak! Kot, kot, kodak! A pokażno jajko, od którnej ono. Patrzym: spiczaste, małe, takie niesie ta z biało szyjo. Nu to już pewne: zgubiła jajko bezogoniata, łazęga, łazęgować ona lubi, choroba kusa, wywlokła dzieś jajko! Handzia: zaraz, zaraz, a może jeszcze nie zniosła? Trzeba jo znaleść, wyszczupać, a nuż jeszcze jajko niezgubione?

Szukamy bezogoniatej. W sieniach jej nima. Po gumnie kury chodzo, siódemka, kogut ósmy, ale jej, kusej, nima! Pietuch popatrzył na mnie gniewnie, rozłoszczony, że sie przyglądam: zagregotał, czerwona podgarlina rozmajtała sie jemu i raptem caps białe za czubek, przydusił, wypietuszył, zeskoczył i popatruje sie na gospodarza okiem, to tym, to tamtym, chwata rżnie, szyje jak koń wygina, pręży. A na pewno had wie, dzie tamta jest, kusa, wie had, ale czy powie? Gadać z nim nie moge, ale nogo dać moge: zachodze jego, zachodze, pietuch odstępuje, ale hardo, po troszku, tyle co ja podejde. A grzebieni poczerwienieli, a zły, a gregocze jakby szczekał. Ożesz ty! machnoł ja nogo, ale na pusto: kogut łopotnoł skrzydliskami i odskoczył i rozgregotał sie mściwie, obrażalski, psiakrew.

Za stodołe wychodze: pusto, ani kury, ani jajka. Tylko jakiś ryjek wysunoł sie z norki, może pilch, szczurek albo myszka, coś niedużego: oczki błysneli i schowało sie. Przydeptał ja nore pięto, co ma psiamenda pole ryć, i wracam na gumno. A może lis albo jastrzomb zabrał jo, bezogoniate, pytam sie Handzi, a wode ze studni brała. Nie, nie porwał, niedawno dziobała owies w sieniach.

A może zniosła sie u Michałow? Pójde zobacze.

Obchodze chate wkoło i patrze po Michałowym podwórzu, czy bezogoniata nie przywendrowała. Nie widać. A może w sieniach? Sieni Michałowe przybudowane z deskow. Zaglądam: kury dziobio kartofli w korytku, bezogoniatej nima między nimi. Ha, może w koszu siedzi?

A kto tam po naszych sieniach łazi! słychać z chaty i Michalicha, bratowa, wyglonda. Odpowiadam, że kury szukam, tej bez ogona, nie przywendrowała do was? Michalicha pódłoge zamiata. Do nas? Prostuje sie i pód boki bierze sie: A co to ja od waszych kurow pasienia? A może jeszcze powiesz, że ja wasze kure przywabiała, co? Że chciała ukraść?

Nie, nie, bratowo, ja tylko jajka szukam, zginęło.

Nu widzicie? On złodziejke ze mnie robi, ja im jajko ukradła! I Michalicha z miotło następuje: Szkoda, że Michała nima, syczy, oj dałby tobie, dziable kostropaty!

Wtem słychać stukanie w ścianie i głos przez deski: Chodź Kaziuk, jest kura, chodź!

Michalicha następuje z miotło, zaraz chlapnie mnie po głowie, ja rękę podnosze dla osłony i raptem hyc do sieniow: dźwi przyciskam i przez dźwi, przez dziurke do zamyczki sycze do środka: Michalicha, nogo spycha, Michalicha, nogo spycha! Nie wiadomo, co to znaczy, ale wiadomo, że jo złości: wali ona kułakami w dźwi, ech jak bardzo chciałaby mnie miotło zdziażyć! To ja jeszcze: Michalicha, nogo spycha, Michalicha, nogo spycha! I wyskakuje z sieniow i prętko wkoło chaty na swoje przylatuje. Ależ mamy bratowe, mówie do Handzi, sama złość, istna kuna! A skąd kura wylazła?

A wylazła spod gałęziow, co nawożone na chrost do pieca: idzie sobie od gałęziow pód stodołe, do kurow i koguta, ale na nas sie ogląda, odstępuje ciszkiem,

boczkiem, oj chytra, chytra, wie, że my wiemy, że zbro-
iła. Patrze za kuro, patrze i już wiem: tak, zniosła sie ty
zarazo, w gałenziach!

Ale Handzia radzi nie szukać w gałęziach, tylko najpierw kure złapać i wyszczupać, bo a nuż nie zniosła?

Dobra, bedziem łapać: zachodzim kure z obydwóch bokow i gonim w kątek między chlewem a stodoło. Stanęła w samym rogu i sie patrzy, my po kroczku, po pół, po palcu, coraz bliżej, bliżej. Raptem ona
smyk między moimi nogami! Ja rękami grabnoł, tylko
błota w pazury zagarnoł, a kura, żeb jo skleszcze-
czyło, hadzine, odlatuje trochu i przygląda sie, co bedzie dalej.

Znowuś naganiamy: bezogoniata w kątku przystaje i znowuś patrzy sie. A z tako chitrością, że chiba
prawda, co mówio, że Pan Jezus przez kure ukrzyżo-
wany: w Wielki Piątek cygan ukrad żydom goździ
i schował w piachu i nie mieli czym przybijać Jego do
drzewa. Ależ kura przyłazi i draps, draps wygrzebuje,
hadzina, te goździ! Za ten grzech podbiera sie kurom
jajka.

Nachodzim z Handzio czujnie na te zaraze bezogoniate, suniem noga za nogo, cicho jak po szkle, ręce
wszerz rozłożone. Raptem ona znowuś jak nie smyr-
gnie dołem! Ale tym razem źle trafiła, między nogi
Handzine: Handzia przysiada, po babsku w spodni-
cach kolanami ściska i cap jo pod skrzydła i siup palec w dópe! Nima jajka, ogłasza, zatracone!

Jak nie złapie ja kuryce za pierze, jak nie machne
o ściane, o stodołe! Powietrze sie zapierzyło, a wrzasku! Jakby wrzeszcza mordowali.

Czego złościć sie, spokoi Handzia, nie trzeba, zaraz
w gałęziach znajdziem te jajko.

Staneli my nad gałęziami: odchilamy, zaglądamy
z tej, z tamtej, spódspodu, jajka nie widać. Tato wy-

szli z chaty, patrzo sie na syna, synowe. A może to wy jajko wypili, pyta się Handzia, przyznajcie sie, co szukać na pusto? Tatka poniosło: A odpierdulżesie ty ode mnie! Kto mleko spije, mączki nadeżre, słoniny liźnie, zaras, że ja! A co to do cienżkiej choroby, czy to ja psiakrew honoru ni mam? Nie gospodarz ja? Toż moje to wszystko póki ja żyje, zechce psiakrew, to was jak sobaki pogonie, moja chata, moja ziemia, moje kury!

Wykleli sie, ucichli. A ja widze, że nima innego sposobu, jak przcłożyć wszystkie gałęzi na nowe miejsce. Trudno, dawaj wiechi nosić, czujnie, żeb jajka nie zrzucić, nie rozbić: gałęź po gałenzi, aż do samego dna. Już i ostatnia, spodnia gałęź i nic, jajka nima. Ale jeszcze liści dużo leży, naobijali sie, śmieciow leży do pół kolan: może w liściach te nieszczęsne jajko?

Nuż palcami listowie rozgarniać, po garstce, po szczypce, myślałby kto, że igły w sianie szukajo. A kura stoi niedaleko i patrzy, ale jak patrzy! Jakby z nas szyderowała! Ale ja nic, cierpie po cichu, kamienia nie rzucam: przeszczupujem śmieci, liści rozgarniamy.

Wtem jęk słysze słaby: Ojezu! I co widze:

Handzia stoi jak nieżywa z rękami nad głowo, w słup soli przemieniona i jak sol biała. A jedna noga podkurczona!

Czemu podkurczona? Może węż jo w pięte kolnoł?

Nie, nie węż jo kolnoł: od razu widać co. Zagotowało sie we mnie!

Podskocze i lu! babe z jednej strony w gębe, lu! z drugiej, cało garścio po mordzie, aż przysiadła w kuczki, głowe w ręce chowa.

Rozdziawo ty, krzycze w sprawiedliwym gniewie, gapo ty, robota tobie sama w rękach gnije! Lugo ty zgniła, gnido wszawa, jajko, Ojezu, jajko rozdusić!

I lu! jo na dokładke z góry, w chustke, i lu! jeszcze raz, po plecach zaraze, i jeszcze raz, aż zajęczała. Za co ty mnie bijesz, skomli, rękawami zakrywa sie. Czego ryczysz, durna, krzycze, i lu jo znowuś przez ręce, bo uch, nie lubie, psiakrew, nie lubie, jak baby płaczo. A tatko schylili sie, wygrzebali łuszczyne. Zdmuchneli listka, rozerwali plewke i wypili, co zostało sie w skorupce. Oczy zapluszczyli ze smaku, tylko szyja im gra i jeździ, spijajo! Wam też by, choroba, przyło-ić, mówie i rękami macham, no bo cholera zlizujo żółtko jęzorem, zlizujo sobie, a ty choroba stoisz, chciałoby sie i tak, i siak, ale nic nie wychodzi, ni wte, ni wefte, tylko psiakrew łbem w piec walnąć, walnoć i walić, walić, Ojezu!

A tu jeszcze, jak na złość, dziad z torbami wchodzi na podworze, żegna sie, pacierzy zaczyna! To już mnie do reszty rozsierdziło: Jak tupne nogo, jak zamachne sie ręko:

A pódziesz dziadzie, Muszka, weźgo, weź! a dziad nie czeka, rękami torby ogarnoł i du du du! ucieka jak podsmalany, podryguje, kulacho sie opędza, choć suka z budy tylko wyglądneła, nawet nie zaszczekała. Ach ty zdechlino, ty lugo zgniła, poniosło mnie i bach nogo w bude, aż zaskamlała, skamlić to cholero umiesz, a postraszyć cudzego nie? W dziure noge wsadzam i nogo w budzie łomocze, a ona, szkacina, cabas! za nogawke, aż do krwi! Ożesz, swołocz ty, tak ty swojego pana szanujesz? Za łańcuch jo wyciągam, podnosze jedno ręko za łańcuch, drugo łup! kułakiem po kościach, po łbie, a żeb ty zarazo po wodzie chodziła i pić prosiła, a masz! żeb ty ścieżki do domu lugo nie poznawała! a masz, żeb ty śmierci nie doczekała, psiamendo!

Noge, Dzięki Bogu, rozpruła niedużo, tylko nogawice rozwaliła za kolano. Ale co tam nogawica, już stara, Handzia jo połata: gaciow szkoda, nowe, niełatane jeszcze.

Stoje na gumnie, stoje, dycham i co słysze? Krowa ryczy, ryczy na całe wioske. Aż mnie oślepiło ze złości. Omatkoboska, to i ta szkacina przeciw gospodarzowi? A czegoż ty ryczysz cholero, rodzisz jakieś czercięta i jeszcze rozgłaszasz? Łapie ja bicz z kołka, do chlewa lece: w dźwiach staje i z proga jo ćwik! ćwik! po oczach, po mordzie, żeb nie ryczała, po bokach, psiakrew, po nogach, po zadnich pęcinach, tam mocno boli, po kumpiakach jo, ciach ciach, krowa na ściany skacze, na płoty, wiesza się, stęka, jęczy, pojękuje, a stękaj, pojękuj, ale nie rycz, swołocz! Czuje, że ulżyło mnie trochu, złość jakby przechodzi. Już ręce nie drżo, w głowie nie huczy. Zamykam dźwi, bicz wieszam, ide do chaty. Już trochu przeszło.

Dawaj jeść, mówie i widze, ona oczy ma podczerwienione, na mnie ani spojrzy, ej, wej, obraźliwa, było za co. Ale nalewa miske kapusty, do drugiej miski wysypuje kartofli z sagana, nieobłupione. Siadamy wkoło stołka, dzieci, dziadko, ja, łupim kartofli każdy sobie, gorące, w palcy parzo, i jemy z kapusto. Dobra rzecz kapusta z łupionymi kartoflami, tymbardziej jak kapusta okraszona: duża skwarka w niej pływa, dla mnie ona przeznaczona, ja tu gospodarz, musze mieć siłe do młoćby. Ale, widze, niezabardzo pamięta sie o tym: dzieci pódgarniajo jo sobie łyżkami, ganiajo po misce, a i tatko coraz jo szturno w swoje strone, a oczy im chodzo za słoninko jak uwiązane.

Każdy niby nic, niby niechcący, a ustawia skwarke do wzięcia. Wtem Ziutek najstarszy, chap jo w łyżke i do gęby niesie, już rozdziawionej! Co? Jak nie wytne smurgla łyszko w czerep! Skwarka jemu wylatuje i pac w kapuste. Uspokoili sie, nie probujo więcej, omijajo skwarke. Ale ja nie rezykuje dłużej: biore mięso w ręke, jem. Tato nie mogo wytrzymać, że ktoś tak sobie je słonine z kartoflo, pomlaskuje i palcy oblizuje. Ty niedobrze Kaziuk zrobił dziada przeganiawszy, mówio, dziada przegnać ciężki grzech! Czy ty nie wiesz, kto to kiedyś chodził po ziemi za dziada przebrany?

Handzia zacierke podała: jem zacierke, kluski łykam, ale o tym dziadu zapomnieć nie moge. Prawda, opowiadajo, że kiedyś święte chodzili za dziadow przebrane, nawet sam Pambóg z Pietrem wendrowali po wioskach niby żebrawszy: chodzili i porządki boskie ustanowiali, jak żyć, pracować, modlić sie, żeby było po bożemu. Rybaka, jak dziada nie uszanował, Pambóg, on to był za dziada przebrany, w bobra przemienił! Żarty żartami, ale żeby i mnie za moje tupanie w jakiego tupacza nie przemieniło!

Może posłać za tym dziadem Ziutka z paro jajkow, mówie do żonki. Abo zawołać, niech zajdzie na zacierke, co? Leć, Ziutek!

Ziutek poleciał, a my z tatkiem dawaj nad tym dziadem dumać. Prawdziwie, nigdy jeszcze taki nie żebrał u nas. Wszystkich dziadow znało sie jak rodzine, każdy zachodził na bagno co roku dwa, trzy razy, każdy w swojej porze: Jaśko bez ręki koło Zielonych Świątkow i przed Popielcem, garbata Anielka po żniwach i przed Nowym Rokiem, Kiławy Wiktor w Przemienienie i na Gromnice, Niemko, najsilniejszy, ze trzy wioski obleciał, do nas zaglądał na Pietrapawła, przed kopaniem i na Trzykróli. Ale żaden w roztopy i jesienio iść przez błota nie miał siły ni odwagi, wybierali abo zime, abo czekali, aż lody wody spłyno. A ten, jak on przez wody, błoto przeszed? Na skrzydłach?

Aż tu widać głowy za oknem: ido Dunaj przezwisko sołtys, Domin rajko, durny Filip, za nimi Szymon kuśtykajo.

A dokąd ta procesja i czego? Prog mijajo, na gumno walo! Wypadam za nimi bez czapki: Wy czego! krzycze i zachodze im droge, nie puszczam: Czego!

Dunaj mnie spychajo: Dobra, dobra, nie czeguj człowieku!

Niech bedzie pochwalony Jezus Hrystus, o, od tego zaczynajmo. Przyszli my zobaczyć twoje żywine i tego cielaka!

Ależ ludzi, co wam, bronie sie, krowa jak trzeba, cielak jak trzeba, tylko trochu niedonosek.

Tak? A czemu Siwka twoja rży za nim?

Za nim? Kto wam powiedział, że za cielakiem rży? Ot, rży sobie, co to, wasze koni nigdy nie rżo? Co wy Szymon ponaopowiadali po wiosce?

Stropili sie Dunaj moimi słowami, drapio sie pod czapko, po ludziach patrzo. Nu dobra, mówio na koniec, tylko tego niedonoska nam pokażesz.

I cało procesjo ido do sieni, weszli, pierzyne odkrywajo, przyglądajo sie cielakowi, Dunaj kręco głowo: Nogi coś za cienkie!

Długie jak u źrebiaka, dodaje Filip, pastuch. I palcem naciska ciele w brzuch, ono obudzone zapiszczało.

Słyszeli? poderwali sie Szymon Kuśtyk: Zarżało!

Zapiszczało, ludzi, bronie ja swojej żywiny. Ale Szymon trach palec wierco małemu w brzuch, znowuś zapiszczało, jeszcze głośniej, i prawdziwie, bardziej to rżenie niż meczenie!

Nie męczcie biedaczka, prosi Handzia i pierzyno zakrywa małe. Ale męszczyzny patrzo sie po sobie.

Ono coś z konia ma, ogłaszajo Dunaj, twoja Siwka rży za nim nie bez przyczyny! Ludzi, to wroży coś niedobrego! A jak było na paświsku, pytajo sie pastucha: Nie trzymała się Raba z koniami? A może ty na nio ogiera puszczał, co?

Może sam świnia wlaz, przycieli Domin, rajko.

E, Raba jemu za stara, on jałoszki lubi, przygadujo Szymon, a Filip zaczerwienił sie, czerwony robi sie jak malwa, choć i bez wstydu czerwony zawsze, tłusty. Lubie czy nie lubie, odcina sie, nie ja jeden lubie, a może wyliczyć kto? I po nas męszczyznach patrzy nachalnie, oczy spuszczamy, durnemu nie wierzyć, weźmie i naopowiada, co widział i czego nie widział, nie rozumie, że bywajo sprawy, o jakich sie nie gada, choć każdy wie, co bywa, jak żonka za długo niezdatna. No no, ty stul morde, uciszajo Dunaj durnia.

A ja tłómacze męszczyznam, że Raba bydłowała jak trzeba i wodzona była jak trzeba, jeszcze przed wyrajem do Antochowego byczka, ludkowie, czego wy chcecie ode mnie, od mojej krowy i tego cielaka! Czemu on rży nie meczy? upierajo sie Dunaj.

A może Raba zadała sie ze złotym koniem, co pod chwojko leży, zaczyna swoje Filip. Ale Dunaj uciszajo ostro: ścichniesz brechunie, czy cie z chaty wygnać?

Cichnie. Za to Szymon Kuśtyk tłómaczo, że może Raba zapatrzyła sie na paświsku w któregoś konia, toż krowy na wygonie paso sie razem z koniami. Zapatrzyła sie i z tego to pomieszanie! A to i krowa zapatrzyć sie może, dziwi sie Handzia. A czemu nie, toż krowy mądre, prawie jak ludzi, na to Szymon: Czy w wigilje nie gadajo ludzkim głosem?

Zapatrzyła sie, kiwajo męszczyzny głowami, zapatrzyła sie! Widze, lżej sie ludziom zrobiło, że sprawa zwyczajna, nic strasznego nima. I zaczynajo wspominać, kto jak zapatrzył sie, w co: zapatrzyła sie Prymakowa Jadźka w dzikie świnie jak rano ryła w sadku, zapomniała potem splunąć i dzieciak dziki rośnie, ucieka do boru nocować. Litwinicha w wode zapatrzyła sie i chłopiec utopił sie w piątym roku. Najmłodsza Kozaczanka łysa rośnie, bo matka, jak jo nosiła, tak zachwyciła sie miesiącem, że jo łozo bić musieli, żeby przyszła do rozumu. A najgorzej zapatrzyć sie w pierwszej połowie! Pół biedy, jak sie baba spostrzeże i oduroczy: za siebie splunie abo na paznogieć popatrzy. Ale jak zapomni? Przelezie pod żerdko, dzieciak bedzie ślepawy, uleje z wiadra wody do studni, urodzi się chłopiec z takim dzyndzliskiem, że dziewczyny bojo sie iść za mąż za takiego, dasz niechcący babie kułakiem po plecach, jąkatego urodzi.

Co wy na to, pytajo sie sołtys Domina, który rajkiem bywszy, znajo sie na weselach, chrzcinach, połogach. Może krowa zapatrzyć sie?

Krowa krowo, ot, może i zapatrzyła sie, kto wie czy nie w Michałowego konia, on czarny. Ale co bedzie jak ty, Handzia zapatrzysz sie w Michała, żartujo Domin, a wszystkie w śmiech i na mnie patrzo, oho, Domin umiejo przygadać, biedny, kogo na język wezmo. Ale też pół wioski tym językiem wyraili.

Pośmieli sie ludzi i zgroza przeszła. Cielak zasnoł, Dunaj nawet po łbie jego pogłaskali. Ależ odkręcajo sie od małego i mniej więcej mówio tak:

Jest i druga sprawa, kto wie czy nie gorsza: Filip nam tu opowiadał, że u Grzegorychi był wczoraj Grzegor, nieboszczko!

Słucham i czuje, jak każdy włos mnie drotem wstaje, Oboże, nieboszczko do wdowy przychodzi?

Był był! krzyczy Filip: Słychać było, jak młocił, ciszkiem młocił, ale młocił, he he he! śmieje sie durny durnawo, durnemu, mówio, i na pogrzebie śmieszno.

Ty Kaziuk po sąsiedzku z Grzegorycho, pytajo sie mnie Dunaj, ty wiesz: słychać było noco młocenie u Grzegorychi czy nie?

Tak, coś tam stukało, jak my spać szli, mówie, ja myślał, że Grzegorycha coś w stodole robiła, a to mowicie Grzegor? Nieboszczko?

Straszno sie robi: Jezu, pod moim bokiem nieboszczyki dokazujo!

A skoczno Handzia po Grzegoryche, proszo Dunaj. Poszła, czekamy, trochu czasu przeszło, przychodzo obydwie. Siadajcie, zapraszajo Dunaj wdowe, siada, w ziemie patrzy, czeka. Dunaj odkachneli i mówio od razu: Podobno był u was wczoraj wasz nieboszczko, Grzegorycha, ludzi widzieli. Podobno żyto nawet młocił, prawda to?

Ona biała jak ściana: Co wam, ludzi, nieboszczko, Grzegor? Nie straszcie!

Młocił, ludzi widzieli, słyszeli!

Ja młociła, mówi Grzegorycha. A Filip: Nieprawda, łżecie, wy stali z boku i patrzyli, a on młocił!

Grzegorycha oczy spuściła, w ziemie patrzy, zębami łypy przygryza, ręce jej drżo. A kobieta rostu męskiego, oczy wstydliwe, poliki czerwone, a cycki, a dópsko, a nogi takie nabite, jakby cały czas coś sie w nich gotowało, mrowiło! Tylko co owdowiała, dwie niedzieli temu, Grzegor siano woził ze stogu, dziewiętucha jego ukąsiła i umar, dziewiątego dnia umar, nieszczęsny, bo nima od dziewiętuchi ratunku. Prawde powiedziawszy nie nazywał sie Grzegor, a jakoś inaczej: przezwisko wziął po pierwszym mężu, pierwszym Grzegoru, a dla odróżnienia nazywało sie jego Grzegor drugi abo biały, bo włosy i brwi miał białe, oczy czerwone: garki lutował po wioskach, a przywendrował na bagno akurat jak Grzegorycha pierwszego pochowała. To i przygarneła biedna wdowa biednego łazęge.

A pierwszy Grzegor umar młodo: znalaz sobie Grzegoryche dzieś aż za Juchnowcem, bez posagu, za to take, że męszczyznom oczy na wierzch wypierało. A cieszył sie nio tyle, że im nocy nie starczało: z dnia noc robili, szmatami okna zawieszali. Cieszył sie tak Grzegor ze trzy lata i umar, na suchoty biedaczek. A ona, dwoch mężow odprawiwszy z tego świata, ostała bez dzieciow jak panna, a i wygląd ma panny, nie baby, o, niejeden kawaler szedby do niej z rajkami, jakby ludzi nie gadali, że pewno bezdzietna. Temu to Domin przygadali: To nie powiesz, Grzegorycha, co za młocarz tobie klepisko wczoraj noco ubijał? A Dunaj: Ja nie chce, żeb wy Grzegorycha mówili wszystko. Powiedzcie nam jedno: duch to był czy nie duch, to dla nas najważniejsze. Ona zębami sie przygryza, kolanem w kolano się postukuje, widać, jak sie w niej gotuje, bo czerwona, drży. Ale w ziemie patrzy. Nie chce gadać. W końcu przyznaje sie: Duch!

Grzegor?

Grzegor.

Straszne, co powiedziała, patrzo ludzi na Grzegoryche, czy prawde gada: może straszy? Ale nie, głowe podnosi, nam śmiało w oczy patrzy.

Nu dobra, badajo dalej Dunaj: Pomłócił, pomłócił, a co potem? Do chaty zaszed?

Zaszed!

I co?

Tu Filip sie rozrechotał: A co miał, hehehe, robić z żonko w nocy? Wypietuszył i poszed!

A ty, pierdunie, nie bresz tyle, huknęli sołtys, twoja sprawa bydło pilnować na paświsku, a nie w cudze okna zaglądać.

Ale wszystkie zaczynamy cmokać, głowami kręcić, że coś tu pomieszane: czy nieboszczko może do wdowy chodzić żyto młocić? Cóż to za dusza co zamiast straszyć pomaga? Skiela ten duch przychodzi: z piekła, z czyśca? Bo chibaż nie z nieba! Za kare czy z łaski?

Tego nie wiem, tłómaczy sie Grzegorycha, on nic gadać nie chce skąd, za czyjo łasko, ile razy jeszcze przydzie.

Tatko rozciekawili sie bardzo: Ej, Grzegorycha, a sprobuj ty wypytać jego, czy on tam moich ojca matki w czyścu nie widział? Ciekawe, odpokutowali już czy cierpio? A wybadaj ty jego jakoś, pódejdź po babsku: wypytaj, co z Litwinowym Ceśkiem, co z Orelowym Kaziukiem, co z Wrono, co pod wierzbo zamarz: dzie oni, w niebie czy jeszcze w ogniu sie męczo?

Grzegorycha wzbrania sie, że Grzegor ich nie zna, toż na bagno przywendrował, jak tamtych już dawno nie było.

A dopytać sie nie da rady, w czyścu rozmawiać nie można, gębe sie odmyka tylko abo modlić sie, abo jęczyć od ognia, smoły, obcęgow.

Już ty lepiej o nic jego nie wypytuj, radzo Szymon Kuśtyk, nie zadawaj sie ty Helka z nieczysto siło. I Broń Boże nie dopuszczaj do siebie: Jeszcze sie jakie diablenta porodzo, pilnuj sie kobieto!

A durny Filip klepie sie po kolanach, miny stroi, rękawami śmiech zatyka.

Szymon radzo, co ma Grzegorycha zrobić, żeb odczepić się od nieboszczyka: Ty nie czekawszy, choćby i tej nocy, weź kołek osinowy, zaciesaj, zaostrz na igłe i w łożku, jak on tobie zaśnie i rozdziawi sie, wsadź kołek w gębe i obuchiem raz dwa przebij na wylot! I zobaczysz, rozsypie sie w proch, zginie, więcej nie przydzie. A jeszcze lepiej zrobić to w mogile, czerep przebić. Zróbcie, Grzegorycha, radze wam z szczerego serca, zróbcie, bo bedzie nieszczęście: dobry, dobry, młoci, pomaga, a którejś nocy weźmie i zadusi!

Ona zgadza sie, dobrze, stryku, zrobie jak radzicie, zaraz naszykuje palik, osinowy, zaostrze, żeby wieczorem był pod ręko, w razie on by przyszed.

Ale jest i trzecia sprawa, zaczynajo tatko z przypiecy: niezwyczajny dziad do wioski przywendrował żebrać, widzieli wy? Jak on przeszed takie wody, błota? Na skrzydłach? Z nim by trzeba pogadać.

Grzegorycha wstała, mówi, że w piecy niezgaszone, idzie do domu. Dunaj proszo, żeby dziada do nas zawołała, jakby zobaczyła dzie na drodze. Dziwne, że Ziutek, dawno wysłany, nie wracał, czy znaleść dziada nie może, czy sam sie zagubił.

Nie mineło dużowiele już i tarabani sie dziadzisko: w progu torby ogarnia, żegna sie, pacierzy mamrocze. Handzia czym prędzej stołek jemu podsuwa, miske z zacierko na kolana stawia. A my bystro patrzym, co on za jeden. Nieznajomy. Ale jakby trochu skądś znajomy, twarz te dzieś sie widywało. Ale dzie? Stary niestary, włosy czarne, między nimi pasemka siwe, twarz pomarszczona, jakby ciężko cierpiał, dużo myślał. Przygarbiony, ale pleczysty, gruby.

Miske kolanami ścisnoł, suchara z torby wyjoł, pocałował, w zacierce namoczył, i chręst, chręst, gryzie, widać zęby ma żelazne, suchar trzeszczy jak szkło. Drugo ręko łyżke nosi, a choć zacierka gorąca, on nie dmucha: je całymi łyżkami i nie furczy. Z daleka wy, dziadku, pytajo sie Dunaj, z jakiej strony idziecie? On nic, jad i je, oho, ważny, jak je, nie gada. Nu to czekamy, aż zje.

Zjad, miske wyter sucharem, suchara oblizał językiem, schował do torby. Przeżegnał sie, torby poprawił, dopiero oczy podnosi: Ze świata ide, powiada, a świat duży.

A jak wy, dziadku, przeszli przez wody, błota?

Z Bosko Pomoco, ogłasza, noga za nogo, pomaleńku.

A kiedy wy przyszli? Dzisiaj? A może wczoraj?

Dzisiaj, mówi dziad, tylko co ja przyszed, jeszcze nogi bolo. O, a tu, widze, cielątko małe na świat przyszło! A rośnijże, rośnij Panu Bogu na chwałe, błogosławi ręko i żegna. Ostrzegajo Dunaj dziada, że nie wiadomo, na czyje chwałe ono rośnie: to wyrodek jakiś, nie meczy, ale rży!

Ciele rży? krzyknoł dziad, rży, nie meczy? E, chyba wy żartujecie ludzi ze człowieka podróżnego?

To oni jeden przez drugiego nuż jemu tołkować, że ciele, ciele, ale rży jak źrebie, miesiąc niedonoszone, kobyła oblizywała jego jak matka i rży za nim jak matka, powiedzcie dziadku, co to, cud czy kara, łaska czy nieszczęście, roztłómaczcie: cieszyć sie czy płakać?

Dziad brode ręko podper na kolanie i tak sie zadumał, że prawie słychać było, jak myśli. Podumał i powiada, że dobrze to nie jest, jak porządek świata sie rozlatuje, cieszyć sie nima z czego, ech Boże, Boże! Ale co jego tak przestraszyło, dziada, że aż głowe rękami ściska, stęka?

A to, moi ludkowie, słyszym, że już nigdzie spokoju nima, nawet u was, widze diabeł penetruje.

Diabeł?

Od porządku, ludkowie, jest Pambóg, on pilnuje, żeby wszystko szło, było jak było. A diabeł chce zmieniać, powiada: ulepszać. Słyszycie? Ulepszać! Już jemu mało, że krowa cieli sie, dzie tam: on chce, żeby sie źrebiła! O, do czego idzie! Krowy bedo sie źrebili, kobyły cielili, owieczki prosili. Chłop z chłopem spać będzie, baba z babo, wilki latać, bociany pływać, słońce wzejdzie na zachodzie, zajdzie na wschodzie! Chibaż wiecie, że co noc jest taka chwilka, kiedy Pambóg musi odpocząć? Zamyka oczy i śpi, chwilke, ale śpi. A natenczas wszystko co żywe ustaje: rzeki stajo i młyny nie obracajo sie! Ptaszki martwiejo na te chwilke i wiszo w powietrzu! Drzewa nie rosno! Zając zastyga w pół skoku, a wilk za nim stoi z rozdziawiono mordo! Wszystko ustaje, bo nic nie ma siły i wagi. I wtedy diabeł robi co chce: jednym palcem przewraca, przestawia, podmienia!

I Pambóg nic na to? pytamy. Nie zmiecie złej mocy?

W tym bieda, słyszym, że stary Pambóg coraz starejszy, coraz częściej odpoczywa. A diabeł nachalnieje z roku na rok. Kiedyś Pan Jezus na ziemie zstąpił, ludziom na pomoc, i diabeł uspokoił sie trochu, ale że dawno było, znowuś sie rozdokazywał. Wy wiecie, ludkowie, co sie teraz na świecie wyprawia? Mężowie żony rzucajo, matki dzieci! Z ludziow mydło sie robi! Żyto kosami żno: bywajo całe wioski, że sierpa nie zobaczysz!

Żyto kosami, pytamy sie dziada, nie wierzym: całe wioski żno kosami?

Dunaj mówio prosto w oczy: Wy coś plączecie, dziadku. Prawda, widziało sie za rzeko takich, co kosami żyto poniewierajo, ale to jeden, dwóch, nu trzech takich ancychrystow w wiosce. Ale nie gadajcie, że wszystkie!

Dziad boży sie, że całe wioski wyrzekajo sie sierpa, my mówim, że to może dzie za niemiecko granico, bo chibaż nie w naszych stronach, a on boży sie, że i tutaj, zaraz za rzeko więcej już takich, co żno kosami niż sierpami. A w miastach, co w miastach sie wyprawia! W dzień śpio, w nocy pracujo, w piątki nie poszczo, niedzielow nie świętujo! Sodomagomora!

Opowiada, a krowa znowuś muu! muu! ryczy i ryczy, ochrypła, nie ryczy już, ale charczy! Jak na nieszczęście. Ale chibaż do nas tu na bagno zaraza nie dojdzie, pytamy sie dziada, my tu bezpieczne? On powiada, że przyszed z Suraża, Surażaki dużo gadajo o bagnie: że ma być osuszone!

Co? Osuszone? Jak to osuszone, pytamy sie, jakże bagno może być osuszone? Bagno? Pierwszy Filip zaczoł śmiać sie, a za nim Kuśtyk, Domin, ja, tato: Ha, ha, ha, osuszone bagno, ha ha ha, bagno osuszone! Czym? Wiadrami? Szmatami? Może ogień rozpalo? A może, ha, ha, ha, może piaskiem błoto zasypio! Oj, dziadku, dziadku, wy musi z nas śmieszki stroicie! Możno góre przenieść? Rzeke zawrocić? Tak samo z bagnem: jakże bagno osuszyć!

33

Jak, tego nie wiem, on na to, ale wiem, że wójt gadał o tym w Surażu. I powiem wam więcej, mowi dziad cicho, na dźwi sie oglądawszy, do nas sie nachyliwszy: Oni dziś abo jutro przyjado do was na zebranie! Bedo was kusić, namawiać, obiecywać!

Przyjado? pytamy.

Na zebranie?

Kusić?

Do czego kusić?

Tego dobrze nie wiem, odpowiada, ale wiem, że bedo! Nie podoba im sie, że jest wioska, co żyje jeszcze po dawnemu, po bożemu.

A czym niby oni przyjado?

Maszyno!

Ucichli my, patrzym sie na dziada, na siebie, straszno czegoś. Ot i już wiadomo, co za plaga wisi nad wiosko, mówi Dunaj i pac cielaka po głowie: Wiemy już, co ty nam wywrożył, wyrodku!

Ale Domin spokojo nas i dziada pocieszajo, że nima czego boić sie: bagno było i bedzie, żyli my tu po swojemu i bedziem żyli. A ciele nic do tego nima, całkiem ładny cielaczek, tyle że niedonoszony, ale podchowa sie w chacie i bedzie z niego krówka że hej! A tatko pytajo, czy ono czasem wojny nie wroży? Bo już dawno armatow nie było słychać. Nie idzie jaka wojna?

E, wojny teraz jedna za drugo, jak nie tu, to tam, dziad na to, strasznie dziś ludzi zaczepne, bijo sie i bijo.

A mniej więcej o co?

Tego za bardzo nie wiadomo. Krew sie w ludziach burzy, jeżdżo, wyjeżdżajo, przyjeżdżajo, nieznajomych dużo, oszukaństwo, złodziejstwo, nienawiść, Pambóg z tym nie daje rady.

Nu tak, kiwamy głowami na dziadowe gadanie, stary już Pambóg, ileż lat może mieć, ile tysięcy! Człowiek sta dożyje i już do niczego, prochno, a On od początku czuwa! A gospodarstwo jego to nie kawałek łąki, piachu, koń, krowa, o, jego gumno długie, szerokie, za rok, za dziesięć lat nogami nie obejdziesz. I sprawiedliwie gadacie, dziadku, za dawno Pan Jezus porządki robił, przydałoby sie, żeb znowuś na ziemie zstąpił, zobaczył, co nawyrabiało sie, połądził, poratował. Dopytujem sie, dziad opowiada, a składnie jemu idzie, jakby księdzem był, aż korci spytać, kto on taki, ale śmiałości nimamy. O sodomie i gomorze, o rozpuście ludzkiej, łakomstwie, nienawiści, bezbożności, wojnach słuchamy, uwierzyć trudno, że świat taki straszny. A tu koło obiadu stukanie w okno, w rame, Dunaicha stukajo: Stachu, chodź, jakieś urzędniki przyjechali, Matkoboska, prędzej!

Puścił Dunaj po chatach kluczke z nakazem, żeb zaraz przychodzić na zebranie. Dwa razy nie musiał prosić, każdego korciło, czego urzędniki przyjechali i co za maszyna stoi na wodzie, zebrało sie koło niej nad rzeko babow i dzieciow jak na wesele.

Takiej łodzi jeszcze ja nie widział: jakby prom, ale z przodu nadbudowka, okna szklanne, za szkłem żołnierz w czapce siedzi, jabko je. Urzędnikow nima, wyszli, u Dunaja w chacie siedzo, naradzajo sie. My, męszczyzny, czekamy kupami pod gankiem, kiedy Dunaj zawołajo do dużej chaty.

Czasu mineło jak płachte wysiać, nie więcej, i dźwi na ościerz rozmykajo sie, Dunaj stajo na ganku, wołajo do środka.

Baby i dzieci zostajo sie, nie dla nich takie zebrania, a my, taplarskie gospodarze, wchodzim, czterdziestu, Jurczaki, Bartoszki, Mazury, Koleśniki, Litwiny, Orele, Prymaki, Dunaje, Kozaki: Kozak Jej Bohu i co zjad żabe, Dunaje: dychawy, Dunajczyk i sołtys, Prymak Koleśnik i Prymak Kozak, Orele: Kuśtyk, Antoch, obydwa Śpiewaki, Pietruk o co sie rozchodzi, Kramar. Dalej Litwiny: Ryży, Czarny, Stach co zleciał z dachu, Koleśniki: Domin, babiaty, Natośnik, Maśluk, Jaśko zębaty, Filip pierdun. Dalej Mazury: Ślepy, Stach co to ja, Władko co je komose, Maniek bez koniow, Bartoszki: Złośny, Na jamie, Siuśko, Kirelejsony: ja i Michał, dalej Grzegorycha, wdowa, liczy sie jak gospodarz, i jeszcze Jurczaki: Mokry, większy, mniejszy, Jozef gada tego i Władzio Hehehe. Wchodzim, siadamy na ławach, na których w zapusty baby siadajo pod ścianami patrzyć na tance, ale teraz ławki ustawione jedna za drugo, a na stole, co siadali na nim Stach Śpiewakow z pedałówko i Zdzisiek z bębnem, leżo jakieś papiery. Za stołem siedzi trzech urzędnikow i panienka z czarnymi rozpuszczonymi włosami, trochu z boku Dunaj. My w ławy zachodzim, siadamy ciasno, żebra w żebra, a ludzi przybywa, z ganku napierajo, ścisk sie robi.

Urzędniki poszeptujo, kiwajo głowami jeden drugiemu, dogadujo sie, trochu po nas spoglądajo: jeden urzędnik rękę ma drewniane, wyślizgane, aż sie świeci, drugi młody, w białej koszuli, krawatce, z kieszonki koło klapy błyszczo sie jemu ze trzy obsadki i grzebień, trzeci, gruby, to podług ludzi wojt z Suraża: włosy zaczesane do góry, ale zsuwajo sie i zsuwajo na oczy, on co raz zarzuca ich do tyłu i dwiema rękami przygłaskuje. Ciekawe, ciekawe, co bedzie, czy prawde dziad gadał, czy tylko tak straszył.

Aż wojt wstaje, mowi dzińdobry, witam zebranych rolnikow, a to są towarzysz z powiatu, pani uczycielka, to iżynier, w związku z tym zabierze głos towarzysz z powiatu.

I wstaje ten z ręko: chudy, łysawy, zęby na przedzie żelazne koloru siwego.

Poopowiadał najsampierw o świecie, jak na świecie życie sie rozkwita, ile nowych chfabryk wybudowano, szkołow, szosow, ile tysięcy młodych uczy sie, jakie oni mądre, do maszynow zmyśne, biede zwalczajo, pańskie życie majo i nawet przyjemnie było słuchać o dalekich stronach, szklannych gorach, kroleskich dworach. Pobajał, pobajał i mowi tak:

Ale na szkle rozkwitającego sie kraju wasze Taplary przedstawiajo sie jak wioska okropnie zacofanna. Zacofanna! mowi, bardzo zmarszczywszy sie i to ręko łup! w stoł jak polanem: Tak dalej być nie może, obywatele! I sie patrzy nam po oczach, a my nic, cicho, nie wiadomo, czego chce, czekamy, co dalej.

Aż Domin pytajo spod ściany: Zacofanna, to dobrze, czy kiepsko?

Ten z ręko łypnoł sie na wojta, na uczycielke, na nas, jakby badał, czy tu sie nie robi z niego śmieszkow. Nie rozumiem, obywatelu, mowi, o co wam sie rozchodzi?

Mały śmieszek przeleciał i wszystkie oglądneli sie na mojego teścia Pietruka, bo też ma przymówisko o co sie rozchodzi.

A ten z ręko aż kolorow dostał, chichi usłyszawszy, myśli, że z niego śmiejo sie. O co sie rozchodzi, spytał sie raz jeszcze, i śmiechu przybyło. Jak ucichło, Domin pytajo sie głośno, że o to sie rozchodzi, czy tu gani sie nas, czy chwali, a jak gani sie, to za co?

On aż głowo zakręcił i nuż o tym zacofaniu, co to: że zacofana wioska, to taka dzie głod, smrod i zabobony. To nas ruszyło: Jak wam tu śmierdzi, krzyczo Szymon Kuśtyk zza plecow, to wolna droga, nikt was tu nie zapraszał, nikt nie trzyma!

Aż zaczeli ludzie sykać na Szymona, że za ostro przygadał, toż wielkie urzędniki, obrażo sie, aresztujo i co? Żyli my sobie na uboczu i nikt nic do nas ni miał, nawet podatkow z tego bagna nie płacili. A ten z ręko poczerwieniał na malwe: Przepraszam, mowi, jeśli kogo słowem dotknołem, ale, mowi, w chwili kiedy cały kraj sie zrywa do wielkiej budowy, żaden obywatel nie może stać na boku, wylegiwać sie na piecu: Ojczyzna wzywa! Na to Domin:

A co nam do tego!

Jakże to! roskłada ręce urzędnik: A wy kto, nie polak?

Nie.

A kto, niemiec?

Nie.

To może francus?

Nie.

Rusin?

Nie, nie rusin.

Nu to kto? pyta sie urzędnik. A Domin na to: Ja tutejszy.

Jaki tutejszy?

A tutejszy, mówio Domin. Z bagna.

A bagno dzie? Nie w Polsce?

Ale my tutejsze, swoje, żyjem sobie, jak żyli, i niczyjej łaski nie prosim. Wy najpierw powiedzcie, jaki wy, urzędniki, interes macie, że tu przyjechali? Co nam dobre, sami wiemy. Ale wy, czego wy chcecie? Oszukać chcecie, ot cały wasz interes!

Wojt wstał, włosy odgarnoł i kręcić głowo zaczoł, że jemu sie Dominowe gadanie nie podoba. Towarzyszu, mówił do tego z ręko, dozwólcie, że ja odpowiem, i kłania sie urzędnikowi, kłania sie Dominowi, nam wszystkim i wsparty rękami na stole, zaczyna, ale z dziwnego końca, ni przypioł, ni wypioł.

Jak mi wiadomo, mówi, na górce, tej przy cmętarzu, straszy. Tak czy nie? Straszy. Podobno diabeł straszy. Tak czy nie? Diabeł. Pilnuje zaklentego konia, złotnego, ze złota ten koń.

Durny Filip dorzuca z kąta, że ogon i grzywa srebne.

Niech bedzie, że ogon i grzywa srebne. Ale reszta złoto.

Nie! Kopyta żelazne! poprawia Filip. Dunaj jego uciszajo: Ciszej tam, duryło, nie przeszkadzaj! I wojt ciągnie dalej.

Dobra, mówi, niech bedzie, że kopyta stalowe, ogon i grzywa srebne, ale reszta ze złota, tak czy nie? Zgoda, jedźmy dalej. Od kiedy ten koń tam leży?

To wy uważacie, że ten koń tam jest? pytajo się Domin. A wy uważacie, że nima? na to wójt.

Tego nie mowie.

No właśnie. A jeśli jest, to od kiedy jest?

A kto by pamiętał. Zawsze był.

Proszę, zawsze był. A teraz niech mi ktoś powie, ile za takiego złotego konia możno by kupić no, cukru?

Nikt nie wie, wójt naciska: nu, ile wozuw mączki, czubatych wozuw, takich jak z drzewem albo z gnojem?

Ktoś zgaduje: Tysiąc!

Więc dokładnie powiedzieć nie moge, on ciągnie, ale wiem, że cukru kupiłoby sie za tego konia na sto lat, i to nie dla jednej chaty, ale dla całych Taplar. I nie tylko cukru, ale i soli, i nafty, i smalcu, i kiełbasy, i marmulady, i cukierkuw.

Bo to podobno nie jakiś źrebiaczek, ale duży ładny koń?

Toż krolewski!

No właśnie. W takim razie ja sie pytam: jeśli ten koń taki drogocenny, dlaczego nie zmówicie się cało wiosko i nie przekopiecie tej góry rydlami? Dlaczego nie odkopujecie tego konia? Nu? Dlaczego?

Czeka, żeby kto co powiedział. Ale cicho, nima co mówić. No bo prawdziwie, trochu dziwne, że nikt tego skarbu nie dobywał!

Nikt nie probuje, bo czort pilnuje, krzyknoł Filip z kąta. Toż macie na diabła święcone wode! na to wójt i znowu czeka, żeby kto co powiedział. Ale nikt już nic nie mówi.

Więc ja sie jeszcze raz pytam, powiada wójt odczekawszy, jeśli taki drogocenny koń leży w piachu, czemu wioska nie zbierze sie razem i nie przekopie rydlami całej górki na trzy metry wgłąb, żeby potem jeść cukru, smalcu, śledzi, kiełbasy, mąki, ile kto chce i leżeć brzuchami do góry jak hrabiowie?

Cisza coraz wredniejsza, wójt nas zapędza jak myszy w jame i każdy to czuje. A on dalej ostro, głośno:

To ja wam powiem, dlaczego wy całymi wieczorami gadacie o tym koniu, kupujecie za te czarodziejskie złoto dwory, powozy, smakołyki, marzycie, śnicie, a żaden nie spróbuje za dnia, z rydlem w garści, pójść na górke, i ten skarb wykopać. Bo tak naprawde, to wy, taplarscy, wy nie wierzycie, że ten koń tam jest! A boicie sie kopać nie ze strachu przed diabłem, ale ze strachu, że nic nie znajdziecie: najwyżej kamień, kłode albo stare kości! A wtedy cóż, skończy sie wam bajanie wieczorami o smakołykach, strojach, dworach. I nie obraźcie sie, taplarscy, ale jeszcze to wam powiem, że tak samo jest z oglądaniem sie na świętych i Pana Boga: że może urodzaj dadzo, spor na polu i w oborze, dole w domu. Powiedzmy sobie szczere prawde: nima co, taplarscy, zawracać sobie głowy złotym koniem i świętymi patronami, kto chce mieć cukru do syta, smalcu, kiełbasy, niech robi to, co przed nim mądrzejsi robili, zrobili i żyjo dziś w dostatku bogato, po pańsku. A wiecie od czego oni zaczynali? Od szkoły i elektryczności! I w tej sprawie my przyjechali: w sprawie szkoły i w sprawie elektryczności. Prosze bardzo pani Jolu, niech pani powie pare słów o szkole.

Wstaje panienka z włosami rozpuszczonymi jak u kózytki, wstaje i dopieroż widzim, jaka wysoka i cienka, gloria nad gloriami! Opowiada, że po niedzieli zacznie sie w tej izbie nauka czytania i pisania dla dzieci od lat siedmiu do czternastu przymusowa, dla starszych jak kto chce, wolna wola. Książki i zeszyty, i tablica przywiezione łodzio, ale jeszcze potrzebna jest pomoc wioski w sprawie sali, opału, ławek, i kfatery dla niej, bo ona tu zostanie. Poopowiadała trochu, jakie dziś czytanie ważne: nic umić czytać to gorzej niż bez nogow, bez czytania nima co w świat ruszać, a ona radzi każdemu zobaczyć trochu świata: cuda dziejo się na jawie większe, niż bajarze wydumywali.

Uczycielka siada, wójt zaprasza iżyniera niech powie o elektryczności.

Wiem, mówi iżynier, ołówkiem pstryka w palcach, kręci, błyska, wiem, że wam przez to bagno do świata daleko, ale chibaż każdy choć raz w życiu był w Łapach, a może i w Białymstoku? A jak był, to na pewno widział elektryczność czy to w sklepie, czy w kościele: te świeczniki bez świeczek to elektryczność. Ale co tam świeczniki!

I rozpowiada o lampach elektrycznych w domu, w chlewach, stodole, na gumnie, o przedłużeniu dnia na wieczór i noc choćby do wschodu: skończy sie oczow marnowanie, z kurami spanie. Dalej, elektrycznościo można myć, prasować, gotować i piec, młócić, mleć, rżnąć sieczke, piłować drzewo, doić krowy, gotować świniom, wylęgać kurczaki.

W końcu mówi o radju, że to okno na świat cały, że tędy droga do szczęścia, rozumu, bogactwa. Słuchali my ciekawie, nikt nie przerywał, bo mówił iżynier pewnie, nie przypochlebiał sie, nie napraszał. Jakby jemu zanadto na naszej zgodzie nie zależało, jakby strasznie pewny był swojego towaru.

A Kramar pyta, ile ta elektryczność kosztować będzie. On gada: średnio tyle a tyle tysięcy.

Fiu! Dwie, trzy krowy! mówi Kramar, który ma głowe do prędkiego liczenia w pamienci i na papierze i handluje nafto, solo, mączko, goździami, siostre za handlarza wydał. Aż dwie, trzy krowy, i to duże!

Yy, ja tam wole mleko pić niż te elektryczność, ogłaszajo Domin.

Nie bójcie sie, na to iżynier, elektryczność dostaniecie darmo, państwo da. Tylko maszyny, motory pokupicie.

A po ile te motory i maszyny? dopytuje sie Kramar. Iżynier ogłasza, ile kosztuje motor. A maszyny, mówi, możno dopasować do motoru dawne, te od kieratu: tu śmiech bucha, bo kieratow w wiosce trzy wszystkiego, młockarni ani jednej, młynek tylko u Dunaja, sieczkarniow, prawda, więcej, ale też jedna na dwie, trzy stodoły. Gwarno sie robi, koszt przeliczamy na krowy, parszuki, metry żyta, drogo to wychodzi, toż sobie ledwo starcza przed żniwami abo i nie starcza, a te tu namawiajo, żeby wyprowadzać z chlewa krowy, świni, ze spichlorkow żyto wywozić i w jakieś elektryczność pakować!

W tymczasie Dunaicha lampe wnoszo z zapiecy: wieszajo na ścianie, teraz widzim, że za oknem całkiem już zmierzchło, i gadamy prawie po ciemku. Ja tam wole bez tej elektryczności cepem młocić, niż za elektrycznościo piasek źryć! ogłaszajo jeszcze raz Domin. A wojt podjudza: Ależ, obywatele, dostaniecie pożyczki na te maszyny!

Ale na co te maszyny? pytajo sie Domin. Czy to żonka kiepsko gotuje? Czy rękami mnie gaciow nie umyje? Krowy nie wydoi? Na cholere mnie w domu te maszynki, jak ja żonke mam? Co, może żonke mam odprawić do teściow? Odprawie, a kto mnie pod pierzyne wlezie? Maszynka?

Śmiech buchnoł, o, umiejo Domin przygadać do śmiechu, nie darmo tyle lat raili i rajo, język majo kręty, ostry, aj, biedny kogo nim zatno. A i z wójta, widać nie gorszy żartownik, patrzym, co to z tego bedzie. Maszynami żonka prędzej by sie obrządziła i dłużej by mogła z wami pod pierzyno leżyć, powiada wójt. Wy tak samo: maszynami omłócicie żyto za dwa dni, a potem całe zime pod pierzyno bedziecie sie wylegiwać.

Domin drapio sie po włosach, szukajo odzywki, aż tu stuknęło w okno i co widzim! Twarz straszna do szyby przylepiona: włosy białe, oczy wytrzeszczone, nos rozplaszczony, ręce sine! Uczycielka, urzędniki sie odchylajo, byle dalej od okna! Kto to? pyta sie wojt w strachu, ale nie wiadomo kto to, aż Dunaj mówio: Ej, Grzegorycha, wasz przyszed! I Grzegorycha wstajo i przepychajo sie między ławami. Wyszli, zaraz twarz zza szyby przepadła. Co to za Grzegor, pyta sie uczycielka. Nieboszczko, mówio Dunaj, a wojt: Nie żartujcie, sołtysie, bo mi panienke wystraszycie. I na sale patrzy, trochu zły. Żarty żartami, mówi, ale szkoda czasu, porozmawiajmy poważnie.

Domin wstajo, ale mówio bardziej do nas, taplarskich, niż do urzędnikow, mniej więcej tak:

Toż ja dopytuje sie i dopytuje i dopytać sie nie moge panow urzędnikow, czemu to my w Taplarach mamy maszynami sie obstawiać? Kiedy ja, panowie, lubie cepem młocić. Lubie sierpem żąć, koso kosić. Nasze żonki szmaty myjo w rzece bardzo czysto, tkajo ładnie krosnami, chleb pieko bardzo przyjemny w piecach chlebowych. Umiejo też krowy doić. Jakże do krowy z maszyno: toż jedna krowa wymie ma twarde, druga miętkie, ta cycka bogatsza, tamta skąpsza. A niejedna krowa całkiem nie przepuści, jak jej nie poklepiesz, nie podrapiesz między rogami, za uchiem. To wszystko baba wie, umie. A maszyna?

Zrywa sie ten z ręko, jak oparzony: Ludzie, ludziska, co wam, krzyczy, klepawszy sie w czoło, czy wy naprawde chcecie przeżyć całe życie w tych szuwarach jak kaczki, wy i dzieci wasze? Czy wy wiecie, że za rok góra pod Bokinami bedzie przekopana: woda spłynie i po bagnie śladu nie bedzie, przepadno starorzecza, chrapy, topieliska, odnogi, zostanie tylko jedna główna rzeka pod Surażem, a łąki pobagienne bedo zmejlorowane! Czy wyobrażacie szose, co poleci środkiem bagniska, i autobus, i traktory, co bedo jeździć koło waszej wioski? Za pięć lat połowa z was bedzie jeździć do Łap i Białegostoku zarabiać w fabrykach! Zaczniecie stawiać murowane domy i chlewy, młócić bedziecie kombajnami, a w waszych domach stano lustra, radja! I nic tu nie pomoże wasze chowanie głowy w piasek, co ma być, bedzie, chcecie czy nie! Ale wy, ludzie, zamiast przeszkadzać nam, pomóżcie! Pomóżcie nam wyciągnąć was z biedy i zacofania, jeśli siebie nie żałujecie, pożałujcie waszych dzieci: toż oni rosno na dzikusuw, czy chcecie, żeby byli pośmiewiskiem dla kraju i świata?

Urwał przemowe i usiad, raptem wstaje, już mowić zaczyna, ale macha ręko i klap, znowuś siada, strasznie rozpalony.

I siedzim: oni patrzo na nas, my na nich. A takie zmartwione, poprzygarbiane oni, że aż ich szkoda.

Aż tu co sie nie robi!

Jakby osa wleciała do izby: dziwne buczenie słychać skądś zza plecow, oglądamy sie za to oso, oczami pod pułapem wodzim, no bo słychać, że ta osa pod pułapem zakręca, zawija. He, ale jak ona zawija, czemu to gęby nam się rozjeżdżajo od śmiechu, czemu tak garbim sie, aż kołnierzy skrzypio? Czemu tak oczy wywracamy na urzędnikow? Osa to nie jest, skąd osa w listopadzie, do tego po zmierzchu i przy zamkniętych oknach. A buczenie narasta, wzmaga sie, faluje, wtuliwszy głowy w kołnierzy czekamy bez tchu: buczenie narosło, przemienia sie w gwizd, w smykowanie na najcieńszej strunie, aż uszy bolo, natęża sie! I rozpęka! trzaskiem, końskim!

To Filip pierdun zażartował sobie, jak ogier! I śmiech nasz, rżenie końskie, bek owieczy, pianie kurze, wywaliło sie, zakłębiło, rozdęło po izbie, czterdzieście mord rozdziawionych wyszczerzyło sie do tramu bezwstydnie w rżeniu, beku, jęku! Głowy, plecy rozhuśtali sie, to czołem w kolana, to potylico na łopatki, gęby rozdziawione, oczy zapluszczone, ręce rozkładajo sie na szyjach sąsiadom, na kołnierzach, nogi tupio w podłoge, łomoczo! Zawierucha werwała sie do chaty? czerci z kuligiem wpadli? czy może blejkotem spili się gospodarze taplarskie, co tak ich rozwiązało, rozbeswstydziło, rozchlapało! Naraz pod dźwiami ktoś inny huknoł: buch! buch! na ten sygnał posypali sie spomiędzy kożuchow wybuchi, jeden za drugim: Bach! Bach! Bam! Pyf! Łup! Hup! Ryms! Trrach! Rryp! czterdziestu chłopa kacza się plecami po plecach, brzuchach, ławach, na podłoge się walo, zapomniawszy o świecie, zebraniu, urzędnikach, ślozy oczy zalewajo, tylko jedna myśl błyska: żeby huknąć głośniej niż drugi! Aż tu grzmot sie rozpęka tak wielki, że lampa zgasła, ściany sie kołyszo, z pułapu szczelubinami sypie się plewa na głowy nasze: to Filip rrrypnoł znowuś, jak smok!

Jak i kiedy uczycielka i urzędniki uciekli, czy długo wytrzymali z nami po ciemku, nie wiadomo, nikt nie pamięta: tak sie wszystkie zapomnieli, tak sie każdy kaczał w śmiechu, płaczu, jęku, że tylko łupcowanie sie liczyło, kto głośniej, kto mocniej! Odpalamy jeden po drugim, Mazury, Prymaki, Litwiny, Dunaje, Bartoszki, Orele, huk za hukiem goni, hukowisko rozdudniło sie piekielne, czterdzieście bębnow odprawia muzyke na kartofli, kapuche, kisłe mleko, cybule, łupcujem jak pijane, po świńsku, ale zdrowo, wybuch za wybuchem leci, jeszcze jeden, jeszcze jeden, jeszcze.

Siły sie kończo, prochu brakuje: jeszcze śmiechem ciągniem, ktoś pod stołem w śmiechu sie kacza, śmiechem z brzucha, z najdalszych kiszkow, zdrowym śmiechem podbijamy hukowisko, wspomagamy pohuki, jeszcze paru jęczy ze szczęścia, szczerego brzusznego, ale już ten i drugi przeciera oczy, wybałusza sie w kąt, tam dzie urzędnikow zapomniało sie za stołem! Czuje, że i mnie gęba składa sie, prostuje. I kurczy na nowo, ale teraz z jakiegoś strachu!

Ostatni śmiech dogulgotał sie i cicho, cicho, cisza. Choć ciemno, wiemy, że za stołem pusto. Coś sie stanie. Ale co? Co zrobio te ważne urzędniki? Czy nie polecieli do łodzi po karabiny? Może popłyneli po wojsko? Może pogonio nas w sądy, areszty, więzienia!

Na dźwi oglądamy sie po ciemku. A w sieniach puścieje. Już i kto bliżej dźwiow z ławy wstaje. I jakoś nikt do nikogo nie gada, wyśmiawszy sie, wyszumiawszy, czuje każdy, że nabroił, czy aby nie za dużo tego śmiechu było? Jeden za drugim wychodzim, w ciemno, milczkiem, bez zwykłego w takiej kupie żartowania. Każdy w ziemie patrzy, bo pod nogami błoto, kałuży ledwo przymarznięte, a szkoda walonki ugnoić. Przemykajo sie ludzi pod płotami, rozchodzo sie po domach radzić, a jest nad czym, nadziało sie za dzień. Ciekawe, co urzędniki robio: pojechali czy ostali u Dunaja?

Ide pod okno, zaglądnąć, a tu z pięciu chłopa stoi: na dybki stajo, szyi wyciągajo, żeby co przez dziury w szmacie zobaczyć.

Nie wszystko, ale co nieco widać: uczycielka siedzi na murku z wyciągniętymi nogami, trzewiki zdjęte, grzeje sie przy piecy, przy niej iżynier, gadajo sobie.

Wojt i ten bez ręki rozperli sie za stołem, coś tołkujo Dunajowi, on głowo kiwa, a skulony, przestraszony, jakby jego bić mieli. Dunaicha, dzieci, babka siedzo gęsto kupo na łóżku.

Może by i więcej sie zobaczyło, żeby nie dziad: stoim i zaglądamy bezpiecznie, ale skądś wylaz i do nas dołączył: też na dybki staje, popatruje. Naraz jak nie wyskoczy Dunajow Kruczek, psy dziada poczujo na wiorste, jak nie zacznie łajać, obskakiwać! Trzeba było uciekać, żeb Dunaj nie poznał.

Ide do chaty, dumam nad tym dniem dziwnym. A tu ciemno, jakieś piski, dzieś nad rzeko poćko stęka, coś o nogi sie osmykło, poleciało w łozy. Straszno. Na dobitke młóćbe słychać: u Grzegora młoco!

Przystaje ja i patrze z drogi na stodołe: świeci sie! I cep słychać: łupu, cup! łupu, cup! bije ktoś, ale nie za bardzo, nie za równo, ktoś młócić nienawykły. Pewno Grzegor, a niewprawny, bo dusza chibaż takiej siły w rękach nima jak chłop żywy? A może prawdziwie, ona Grzegorycha, jak gadała, młóci? A może ten dziad niezwyczajny, może on to?

E, nie, toż tylko co był pod oknem? Najlepiej zajść by, zobaczyć przez szczelubine. Ale strach! Może by kogo zawołać: we dwóch, w trzech sprawdzić, kto młóci? Spoglądam, dumam, szczać sie mnie zechciało z bojaźni. A w mojej chacie ledwo, ledwo w oknie ćmi sie. E, lepiej nie zaczynać z duchami, a nuż to Grzegor: zobaczy taki, upodoba i nie odczepi sie potem, zanadzi, napastować bedzie. A toż u mnie dzieci małe.

Wyszczawszy sie, ide do chaty. Lampa ćmi sie skręcona na iskre, wszystkie śpio. Wykręcam knot, pojaśniało: saganek widze na płycie i miske, postawione, żeby nie ostygło.

Zjad ja krupniku i cicho, żeb spawszych nie budzić, kożuch i nogawicy ściągnowszy, walonki i onucki na płycie złożywszy, żeb przeschli, lampe zagasiwszy, przeżegnawszy sie legam przy żonce. Ziutek mocno odbił sie od swojego szczytka na moje, to nogami upycham jego na miejsce. Handzia tyłem leży, jakby obrażona, za co? Aha, za jajko, Jezu to dzisiaj było? Co za dzień był, co za dzień, na co to sie kroi? Co te urzędniki z Dunajem knujo! Po chorobe nam ich uczycielka! I cóż to za dziad niezwyczajny, staryniestary, czego szuka, co czaruje? A może prawdziwie wyrośnie z tego cielaka jakiś wyrodek, jak stare przepowiadajo? Raba ryczy, a czy jeść dostała? Ej, Handzia, szturcham żonke w ciepły bok, a żywinie dano?

Tato dawali.

A cielak napojony?

Mhy.

A czego ty zła?

Fuknęła coś i leży bez słowa.

Gadaj coś, bo straszno, mówie. Co za dzień!

Ale już sie lube ciepło rozłazi po plecach, brzuch od żonki sie rozgrzewa, nogi od dzieciow, ech, nima to jak pod pierzyno, dzież tak ciepło i bezpiecznie, najlepiej by było całkiem z tego gniazda nie wyłazić. Zaraz sie zaśnie, może niebo sie przyśni jak raz niedawno? Na trawie ja leżał, w dużym sadzie, większym niż Dunajow, leże w chłodku, nad głowo ołatki zwisajo z gruszy, kumpiaki z jabłoni, kłusty sok z nich kapie, sery wiszo, kiełbasy, saltysony, kindziuchi, tylko ręke wyciągnąć i jesz! Dołem biała rzeka płynie, biała bo ona śmietanna ta rzeka, z ręki pijesz śmietane jak wode! A na drzewach szpaki na skrzypkach tobie rzympolo, wróbelki muchy z ciebie zdziobujo, jaskółeczki skrzydłami w pięty łachoco, za krzakami baby chodzo w perkalowych sukienkach, bose, i zginajo sie często, jak przy praniu, żeby więcej było widać, a udziaste, łydziaste, grube! A kiwniesz ręko, same sie na plecach kłado, a Pan Bóg pozwala: nie bojś, Kaziuk, właź, właź, nie bedziesz miał żadnego grzechu.

Handzia, szturcham żonke.

Czego?

A obróć sie na ten bok.

Żeb znowuś kułakiem dostać?

Nie bojś, durna, nie dostaniesz.

Przekręciła sie, ja obsuwam trochu gaci i sie nawalam, starawszy sie dzieciow nogami nie przydusić, rozgarniam kolanami na boki, żeb nie przeszkadzali, słucham jeszcze, czy wszystkie śpio: a jakże chrapio wszystkimi świętymi głosami, tato przez sen poprukujo. No to znajduje prętko co trzeba i zaczynam mężowskie robote: tam i nazad, tam i nazad, tam i nazad, i wszystkie strachi odlatujo.

Ożenił sie ja z osim, może dziesięć lat temu, niezadługo po tym, jak mama z rusztow zlecieli i krzyży im pękli, odtąd leżeli w łożku, póki nie umarli, a jedno, co robić mogli, to patrzyć za muchami na pułapie. Zostali sie my wtenczas w chacie jak bez kobiety: tatko, Michał i ja, wytrzymali tak jeden rok, drugi idzie, coraz ciężej: chata niepobielona, koszuli i szmaty brudne, niemyte, chleb co pieczenie zakalcowaty, nima komu warzywa dopilnować, na zime połki w komorze puste. Aż tato mówio: Dziadziejem chłopcy bez baby, baba tu potrzebna. Żeń sie, Kaziuk, ty starszy.

A ja: E mnie tam i bez baby dobrze.

A tato: Baby nie chcesz? Zaraz, zaraz, a może tobie żenidło jeszcze nie urosło?

Urosło.

I umiesz ty obchodzić sie z babo?

Umiem.

Nu to czegoż czekać? Co masz latać po zapłociach jak sobaka, jak ty możesz jawnie, pod swojo pierzyno?

Spodobało sie mnie to, taka wygoda. Dobra, mówie, moge sie żenić. Ale z któro? A tato: To już Domin wymyślo.

I Domin, rajko, w czwartek przychodzo.

Obuj sie, mówio, bierz butelke, chodź.

Do której? pytam.

Nie twoja rzecz, odkazujo, namocz włosy, zaczesz się w przedziałek.

To konia nie zakładać?

Nie gadaj tyle.

Wyszli my, idziem, śnieg piszczy, aż w drugim końcu wioski słychać, jak mnie Domin w rajki wiodo. Ale do kogo? Do Mazurzanek? Mijamy. Do Koleśnika Babiatego, który same córki ma? Nie, i jego mijamy! Do Natośnika? Mijamy.

Idziem, nie skręcamy i nie skręcamy, zaczyna mnie korcić, z kimże mnie Domin ożenio.

Stryku, mówie, do której idziem?

A co ty dzisiaj taki ciekawy, pytasz sie i pytasz?

Nu bo może naradźmo sie, toż żonka na całe życie.

Oj wej, wielkie mi życie. Chibaż ty nie myślisz tysiąc lat żyć.

Tyle co każdy.

Nu to czegoż!

I prowadzo: może do Jaśka Zembatego, jest tam dwie panny, młodsza nawet na Wielkanoc półceberkiem mnie oblała: obydwie niczegowate, tylko starsza zęba ma wystającego. Ale Jaśkow mijamy. Może do ryżego Litwina? Stasia niczego sobie, chociaż z jedno nogo cieńszo. Bo chyba nie do Czarnego, tam w samych chłopcow obrodziło. Ale i Ryżych i Czarnych mijamy. Może do Dunaja, do Mani Dunajowej? Ale, dzieżby taka mnie chciała, za bogata, za ładna.

Wtem ze cztery domy przed Dunajem bach! skręcamy! Do kogo? Do Pietruka o co sie rozchodzi! Stanoł ja dęba, do kogo, jak do kogo, ale do Pietruczanki to ja sie zagnać nie dam! Domin oglądajo sie: Ty dzie!

Tu nie chce! mówie i krok po kroku nazad odstępuje.

A to czemu?

A co, nie wiecie? Toż ona bez pindy!

Oj durny ty, durny. Z pindo, z pindo, i to jeszcze jako!

Nic, pośmiewiska ze mnie nic zrobicie! mówie, a Domin caps! mnie za rękaw, i pod pachy, i ciągno, szamoczem sie, naraz drzwi odmykajo sie, Pietruk pytajo z proga: O co się rozchodzi? Domin mówio: Ja z Kaziukiem, a Pietruk: Ależ prosim, prosim, o co sie rozchodzi, zachodźcie, i nie ma ratunku, wchodzim.

A jakże, czekano: śmieci przymiecione, garki poustawiane, na szyberku nowy ręcznik, dzieci poobuwane. Panna schowana.

Obtupali my walonki ze śniegu, drapaczem poprawili, wyprostowali sie i rajko pytajo: Czy my aby nie zbłądzilim? Bo słyszelim, że macie jałoszke do przedania? A znajdzie sie, znajdzie sie, mówio Pietruczycha i zapraszajo dalej do chaty. Wchodzim, siadamy na razie z daleka od stołu, na ławie. Nu a jak wam moj byczek sie podoba? pytajo rajko Pietruka. Byczka sie szacuje po dziewięci miesiącach, co wart, na to Pietruk i gadajo sobie o krowach, koniach, gospodarstwie, a ja myśle: możesz to być, co Domin mówio, że Handzia wszystko ma na miejscu? To czemu na zabawy nie chodziła? Czemu na kądzielnikach nikogo nie dopuszczała, jak dzika sie broniła, stołkami rzucała? Zaczepić jo słowem, nie odpowie, przycisnąć dzie po ciemku, rozorze tobie gębę pazurami, wyrwie sie. Pogadali Domin o rzeczach gospodarskich, o zimie, aż mówio: Nu to pokażcie te swoje jałoszke, a może co i wypijem.

Handzia! krzyczo Pietruczycha do sieniow, a złaź-no, mamy sprawe.

Załomotało na górze, słychać złazi dziewczyna po drabinie. Zlazszy, nie wchodzi, w sieniach stoi. To jo Pietruczycha za rękaw wciągajo, dziewczyna staje przed nami czerwona ze wstydu i strachu, ale wyszy-kowana, w sukience z żorżety, w śniegowcach, brwi węglem podczernione, policzki podkraśnione bura-kiem, ręce złożyła i sie w ziemie patrzy i garbi sie, że-by cycki mniej wystawali, oj wstydliwa. Pietruczycha, Pietruk, rajko na mnie patrzo, czy sie nie skrzywie, ja na nio patrze.

I widze dobry kawał baby: dziewczyna gruba, kłu-sta, cycata. Ręce grube. Nogi grube. Włosy gęste. Nos nieduży. Nie garbata. Nie ślepa. Nie kulawa. Tyle że z to pindo sprawa niejasna, ni gadaliby chłopcy, jakby czegoś nie wiedzieli.

A siądź, mówio do niej rajko. Kole niego.

Usiadła na ławie i siedzi sztywno jak święta figura, ja jo z boku oglądam. Szkoda, że ten feler masz, my-śle, bo tak na oko to ty niczego sobie.

Nie to dobre, co dobre, ale co polubisz, podpowia-dajo Domin.

I o co sie rozchodzi! przytwierdzajo Pietruk. I w ten moment ona błyś! spojrzała na mnie, pół chwilki tego było, ale tak we mnie, w oczy w sam środek spojrzała, że jakby mnie kto desko w czoło prasnoł: czuć ja z ła-wy nie zleciał!

Zaćmiło mnie.

Jak przeszło, zader ja głowe, w pułap patrze i tak sie mnie przedstawiło: dwie głowy widze przytknięte czoło do czoła, mięciutko, tak czasem krowy przytulo sie łba-mi, jak sie wyliżo. A te głowy to głowa moja i Handzina.

Jak Pambóg przeznaczy, to i na drodze rozkraczy! Mówie i butelke z paltka wyjmuje.

O to to to to! ucieszyli sie Domin. I do Pietruczy-chi: A nieście słonine, zapijem ugode! I buch mnie w kolano, szczęśliwe, że poszło im za pierwszym razem.

A jak my po pół szklanki wypili, taka ochota mnie naperła, że myśle: nawet jak ty tej dziury nimasz, to ja jo tobie zrobie!

Ale nie trzeba było, miała gotowe, i to take, że ósmy rok zatykam i zatknonć nie moge. A rodzi równo jak maszynka: co dwa lata w kwietniu, dzień, dwa około świętego Wojciecha, tak że potem całkiem zdatna do polowej roboty: sadzić kartofli, warzywo, pleć len. A robotna jest i zgodna, i pobożna, tak, szczera to prawda, co mówio: śmierć i żona od Boga naznaczona.

Tylko trochu wywidniało, dziad sie do nas taraba-ni, do chaty, o zebraniu pogadać. Pytam sie u kogo no-cował: nie chce mówić, kręci, w końcu gada, że spod Dunajowego okna trafił do czyjejś stodoły i w sianie spał. Handzia wydoiła krowy i kręci sie koło pieca, dziad, tato i ja naradzamo sie, co te urzędniki szyku-jo. Jak całkiem rozwidniało, posłyszelim wurczenie i choć rosa szyby przesłaniała, zobaczylim łódź, jak sunie z wodo, a prędko, że nogami by z nio nie wytrzy-mał nawet boso, sini dymek za nio sie ściele. Koło gru-bej wierzby zakręcili na duże rzeke i zgineli za kępa-mi. Nu, podziękujcie Panu Bogu, że tak wyszło jak wyszło, dziad prorokuje, dali wy im nauczke, zdaje sie długo oni tutaj nie wróco. A że uczycielka została? Nie bojcie sie, jak nauczy trochu czytać, przyda sie: to nie szkodzi, jak kto umie modlić sie z książki.

Mała w kołysce rozbeczała sie czegoś, stęka, pisz-czy: Handzia daje jej soske z mączko, trochu pomogło. Tato czochrajo sie na murku, dumajo nad urzędnikami. Pytam sie o tego złotego konia, czy prawdziwie on tam jest?

Abo kto wykopał? oni na to. Był, to jest.

Wójt mówił, że to bajka.

To idź, sprobuj!

A probował kto?

Nie probował, bo trzeba słowo znać, tłómaczo tato, bez słowa możesz i trzy dni kopać i nic, najwyżej nieszczęścia sie dokopiesz. Ze skarbami tak już jest. Opowiadajo, że jeden w studni szukał, to sie studnia na niego zawaliła. Bo złoto przeklęte było. W Dugnielach kiedyś organista zakopał pod jełowcem wielkie złoto: całkiem płytko, na sztych, ale na wierzch posadził kupe i przeklął: ten moje złoto weźmie, kto te gówno zje! A zakrystian słyszał: odkopał i co? Saganek, a w saganku błoto nie złoto. Bo przeklęte. Ale przeklęcie wiedział. No i bratniewola, chce nie chce, musiał wziąść gowno w połe: przynios, wysuszył i rzucał po kryszce do zacierki. W miesiąc wszystkie zjad. Wtedy poszedł, wykopał saganek, a w saganku prawdziwe złoto! To samo z tym koniem: przeklęcie ma, a czy kto wie jakie?

Mała soske wypluła i znowuś rozbeczała sie, ale tak zajadle, że aż gęba jej się wywraca na lewe strone. Coś jej jest, mówio tato, płaksow dostała, czy co? O Kirelejson, główka jakaż rozpalona!

Handzia jo kołysze, cycki daje. Nic z tego, beczy, jak beczała, rzuca się w owijaku, a czerwona taka, że krew jej na skóre wychodzi. Tatko radzo dłużej nie zwlekać, przeciągać przez chomont! Ide do sieni po chomont: kiedyś Stasia umierała, a przeciągnęło się jo i wyzdrowiała prawie od razu. Nu bo jak chomont nie pomoże, możno zbijać deski. Przeciągneli my Jadzie przez dziure: tam nóżkami do przodu i nazad główko, jak sie rodziła. I jakby podobrzało: ucichła trochu, już nie wrzeszczy, popiskuje tylko jak ptaszka, Bogu Dzięki, mówio tato, chwała na Wieki Wiekow. A dziad dziwi sie, jakie to my mamy sposoby: Widział ja święte osobe, jak uzdrawiała głosem, widział ja, jak jeden nieboszczyka wskrzesił rękami. Ale chomontem? Tego ja nie widział!

A jak to rękami?

O, wskrzesić rękami nie każdy może: tylko osoby od Boga wybrane. Nu, to Bóg Zapłać dobre ludzi za gościne, pójde ja dalej. Handzia prosi poczekajcie, pośniadacie z nami, ołatki z siary smaże! On na to, że ołatki z siary dobra rzecz, ale słonko wyszło, nie chce sie w chacie siedzieć.

Prawdziwie, pogoda zrobiła się czysta, mroźna, możno by do lasu jechać: Odziewaj sie Ziutek, mówie, brzozke przywieziem, na śniadanie wrócim.

Chomont biore i niose do chlewa, do Siwki. Założywszy, wiode jo na gumno Michałowe, do woza, woz mamy spolny, u Michała stoi. Zakładam duge w użwy i hołobli, zasuponiam kleszczy, lejcam, piłe spod okapu biore, piłe też mamy jedne, tatowe, i jade na droge.

Tu, czekawszy na Ziutka, woz skracam, ściągam rozwore na pierwsze dziure. A jade wozem gołym, bez gnojawek i spodówki. Ziutek wychodzi, w Handzinym półkożuszku i drewniakach, sznurkiem przewiązany, w mojej czapie z uszami. Ołatka je. Na co drzewo z lasu wozić, jak pod chato rośnie, mówi i pokazuje ręko klona, ot, smurgiel jeden, ołatki jego ciągno i wykręca sie od drogi.

No no, zasrańcu, klona ty sie nie czepiaj, mowie, siadaj. Bierz lejcy!

Daje lejcy smurglowi, niech bawi sie kierowaniem, małe strasznie lubio lejcy, zaraz rozsiada sie na rozworce, furmanuje. Ja na tylniku siedze, plecami do konia i patrze sobie na chate, jak zostaje sie za nami.

Klon nad chato sie rozczapierzył, wielki, teraz sie prześwieca bo bez liści, ale wiosno, jak zazielenieje, to dom przykrywa gałęziami niby czapo, okna zatula, aż w izbach ciemnieje. A w odziomku pogrubiał, że rękami sie jego nie obejmie, i rośnie, co rok grubszy, podwalina od dołu wysadzona. Tego klona nimasz prawa tknąć, zasrańcu, choćby palić słomo przyszło, mówie, on moj brat!

Brat, cieszy sie smurgiel, lejcami trzęsie, tatow brat?

Tłómacze: tego dnia, co ja urodził sie, babka urwali gałonzke ze swojego klona, tego co u Mazurow przy stodole, i wsadzili koło węgła. Nu i przyjoł się, i rośnie ze mno. A jakby Nie Daj Boże kto jego ścioł, to i mnie podetnie! I mówie chłopcewi, że on też ma brata, ten klonik za stodoło, to jego rówieśnik.

Dziwi sie: To wszystkie drzewa przy domach, to braty? Prawie wszystkie. I w lesie też nie można ścinać: nie wiadomo, kogo ścina sie.

To jakby drzewow nie ścinać, ludzi nie umieralib?

Nie umieralib.

To czemu ścinajo?

A czym majo zimo w piecach palić? Gotować, grzać trzeba, trzeba i ścinać, i to nie grzech. Ale bez potrzeby drzewo ściąć abo pokaleczyć, o, grzech straszny!

Gadawszy tak, wyjechali my za wioske. Koło grubej wierzby objechali kolano małej rzeczki i przez błotko przejechali na popław, pusty, bo Filip pasie tylko do Zaduszkow. Popław pocentkowany czarno, pilchi zryli, ziemia czarnieje, oznaka, że zima idzie letka.

Mijamy gruszke Orelowe. Skręcaj, mówie, kłoda.

On: Jeszcze czas.

Mówie skręcaj, to skręcaj, woza szkoda.

Tyłem siedzicie, nic nie widzicie, on na to. Jeszcze czas.

Oglądam sie, prawdziwie, coś sie mnie pomyliło, bo do kłody jak przez chate.

Czasem lubie jechać plecami do przodu. Plecami nie widzisz, potylico nie wypatrzysz, nie wiesz, do czego dojeżdżasz, drzewa, pola, kamieni pokazujo sie od razu znikąd: skądś zza uszow wychodzo z niczego. Tak samo droga, nie wiadomo, co sie wysunie spod woza, jaka kałdoba, który kamień, czyja kałuża, a lubie zgadywać co kiedy, co po czym, to ciekawe. Ale tyłem jakoś tak jest, że jedno od drugiego jakby czutki dalej niż jak sie jedzie przodem i widzi sie zawczasu.

Objechali my kłode, co leży na błotku wpoprzek koleinow i z lewej strony pokazuje sie żyto Jurczakowe, zmarznięte, ale zielonkawe: Siwka dochodzi do Jurczakowej jarzębinki, zgaduje ja, żeby sie odegrać za tamte zmyłke.

Dochodzi, przyznaje Ziutek i zaraz z lewej strony pokazuje sie mnie jarzębinka.

Teraz bedzie kamień w koleinie, przepowiadam i rękami sie podpieram na tylniku, żeby dópy nie zbiło.

A jakże, podrzuciło. Patrze w ziemie: powinna wysunąć się spod nogow Koleśnikowa plecha z dziewannami, potem trzy małe kamieni, Wronow kołek. Wysuwajo sie. Teraz zakręcik koło wierzby, co Wrona zamarz, mówie i, a jakże, woz zakręca i zaczyna pod góre: bedzie Szymkowa górka, na niej dwie brzozki.

A czyje to siostry? pyta sie chłopiec.

Czyje, nie wiem. Ale pamiętam, my na nich kiedyś hojdawke robili na Wielkanoc. A kręciła sie, ech, Stacha Mazurow aż nad czubki wynosiło. O, ładnie Dunajowe żyto wzeszło!

A bo ono Dunajowe? dziwi sie chłopiec.

A bo to nie widzisz!

Nie wiem, przyznaje sie, ja nawet nie wiem, które tu nasze!

Jak co rok poorzesz ze dwa razy, pognoisz, posiejesz, zbierzesz, oho, i bez oczow poznasz wtedy swoje płoske, pocieszam chłopca. Czyż on nie widzi, jak kto orze? Dunaj orze wysoko, przy miedzach i od drogi daje broźne, głębokie, zaraz dojedziem do drugiej jego płoski, sam pozna. A weźmy Babiatego: toż tu żyto siane jak dla wróblow, niedobronowane, miedza ponadżerana, prawdziwie babskie oranie. Każde pole podobne do gospodarza, a gospodarz do pola. I chaty, i chlewy, i krowy, i koni do gospodarza podobne. A gospodarz do nich.

Smurgiel nie rozumie, jak chata może być podobna do człowieka. A może, może tłómacze, Dunaj, jak odkupił od Domina łąke, co, nie pogrubiał? Pomalej chodzi, grubiej gada, jakiś ważniejszy. A Domin ścieniał, i wszystko u niego chudsze: kobyła, krowy, stodoła. A na sokora ty już właził? pytam sie, bo mijamy.

Właził, ale tylko do gałenzi z guzem, przyznaje sie.

E, to gowno ty widział. Kościoła w Surażu nie widział?

Nie.

Jak wleziesz do tej gałenzi co jemioła, o, wtedy zobaczysz. A jak wleziesz na sam czubek, może i zobaczysz cerkiew w Rybołach: ale to musi być nidziela i po obiedzie, żeb ze słońcem patrzyć, kto ma dobre oczy, może dojrzyć.

A miasto też widać?

Białymstok? Nie, za daleko.

Akurat wjechali my na kurhan i popatrzył ja sobie na stare chwoje i rosochaty jełowiec. Kobyła zwolniła, zmęczyła sie wciąganiem. Z drugiej strony mogiłki sie zaczeli, murek z kamieniow i krzyży pod chwojkami i brzozami. Żegnam sie, a smurgiel pyta, czy poszedby ja noco na mogiłki.

Nie próbował, nie bede i tobie nie radze, tołkuje zasrańcowi. Wrona sprobował, to tak jego stańcowało, że jąkał sie do śmierci. Przestraszył sie, ucich trochu, ale zaraz sie pyta, czemu te brzoze nazywajo rozpleciona Marysia. Czemu? A bo ludzi bajo, że byli kiedyś mąż i żona, bardzo sie lubili, ale on pojechał raz na rynek i przyszed do niej żyd i dał jej pieniądzow, żeb z nim w łóżku legła i ona sie połakomiła: leżo, aż tu mąż wraca! I Pambóg za kare tak dał, że ten żyd zamienił sie w osine, a żonka w brzoze i cały czas płacze, rozpuściwszy włosy. A nazywała sie Marysia, to brzoze nazywajo Marysia. A osine Judaszowa. A że mąż nazywał sie Dąb, to i drzewo nazywajo Dębem.

I tak do lasu dojeżdżamy, i chłopiec pyta sie, czy wszystkie drzewa wzieli sie z ludzi?

Wszystkie, tłómacze, i wielgie kamieni i niektóra zwierzyna też. O, dzienciol, słyszysz? A skąd wzioł sie? Był kiedyś cieśla na zarobek bardzo łakomy: raz nawet w nidziele belke ciesał! I za to przemienił jego Pan Bóg w dzienciola, niech sobie rąbie i w nidziele. A niedźwiedź? Był pszczelar pijanica, chciał po pijanemu oszukać Pana Boga: przebrał sie w kożuch wełno do wierzchu. To i ostał przemieniony w niedźwiedzia. A bober? Toż to rybak! Łapał ryby, a szed Pan Bóg za dziada przebrany, prosi: daj rybe mnie biednemu. A rybak klepnoł sie po dópie: o, tu dla ciebie ryba, darmozjadu, mówi i piernoł. I od razu jemu rybięcy ogon wyrasta i sierść, i odtąd bobry w wodzie kisno i popierdujo z zimna.

Gadawszy przyjechali my i staneli w brzezinie. Wyłożył ja kobyłe z hołobli i puścił na mech. Sami z piło i siekiero szukamy dobrej brzozki.

A wilk? pyta sie chłopiec.

Z psa. Za to, że Pana Jezusa ukąsił.

A zając?

Z chłopczyka, co od różańca uciekał.

O Jezu! To wszędzie ludzi, poprzemieniane!

A tak. Toż mówio: las słyszy, pole widzi. I nigdzie nie schowasz sie, wszystko na ciebie patrzy, czy kradniesz, czy oszukujesz, czy robote marnujesz. I temu trzeba żyć, jak Pan Bóg przykazał.

Bo w co przemieni?

A pewno!

Znaleźli my brzoze nie za grube, nie za cienkie, i trochu duplawe, pod obuchem huczała. Obciesał ja kore z dołu, klękamy, za piłe sie bierzem. Napiłowali sie niemało, zaczem przesmulali niższy śnit z jednej strony, potem wyższy z drugiej i chylić sie zaczeła. Szczęśliwie nie zaklinowała sie w gałęziach: rymnęła o ziemie, huknęło, aż Siwka spłoszyła sie w jełowcy. Chłopiec stoi czerwony od roboty, ale widze, rękami ślozy wyciera, jakby beczał.

Czego beczysz?

Ktoś umar, mówi i popłakuje.

Nie płacz, toż ty nie baba, w nogawkach chodzisz!

Ale my kogoś zabili!

E tam, bajki, nie płacz już.

Toż wy sami opowiadali!

Opowiadać możno, ale kto tam wie, jak z tym naprawde. Obciopuje gałęzi, chłopiec odciąga ich na kupe z boku, a przy robocie i beczyć przestał. Potem my brzoze popiłowali na kawałki i kloc po klocu załadowali na woz. Ruszamy, biały pienek został za nami i kupa gałenzi: idziem koło fóry, żeby popychać, bo pod górke kobyła sama nie wciągnie, choć stara sie, stęka, paruje. I tak prawie nie mówiwszy, wygadawszy sie w pierwsze strone, przechodzim z fóro koło dębu, Marysi, judaszowej osiny, między mogiłkami a staro chwojo i jełowcem z rosochami, koło sokora, koło wierzby co Wrona pod nio zamarz, przepychamy woz przez kamień w koleinie, mijamy jarzębinke Jurczakowe, objeżdżamy kłode i przez błoto dojeżdżamy do większej rzeki: koło grubej wierzby skręcamy wzdłuż małej rzeki do wioski, i teraz chata po chacie, dojeżdżamy do Grzegorychi i zaraz zawracamy na nasze gumno, i zatrzymujem sie przy gałęziach pod stodoło, tam dzie ta bez ogona zatraciła jajko.

A tu Handzia z chaty wylatuje: ręce załamane, włosy potargane i beczy, beczy, a cóż u czorta z tym beczeniem, ileż beku słuchać można! Żeby bliżej podleciała, oj, dostałab po plecach, nie lubie choroba, nie lubie, jak baby płaczo! A ta: Jadzia, Jadzia, Jadzia! Co Jadzia? wurkne, kobyłe rozlejcywawszy, a żonka: Kruszynka moja, iskierka maleńka, ptaszeczka niewinna, kwiatuszek śliczny! Tknęło mnie: Umarła? pytam, ale nie pytanie to, a pewność, Handzia nie odpowiada, tylko Słoneczko moje, radość moja, szczęście moje! Zawiązuje ja lejcy na kłonice i krokami długimi lece, a w głowie strach sie kotłuje: ot tobie masz, ciele wywróżyło, psiakrew, zarżne, nima co, zarżne abo utopie, toż ono nas wszystkich po jednemu wytraci!

Do kołyski przystępuje: leży ona, Jadzia, cichutko, mordeczka biała, oczki zamknięte, nie rusza sie. Może śpi? Może w zachwyceniu, a nuż tylko duszyczka wyleciała dzie na słonko i zaraz wróci? Tato modlo sie na murku, paciorkujo rożaniec, dzieci stojo po kątach wystraszone, Handzia koło progu klęczy, czołem w deski bije, zębami skohycze, bez chustki, włosy rozpuszczone, ślozami dzieci polewa.

Płacz, mówie, płacz, zmarnowała ty dzieciaka!

Ja? Ojezus, Kaziuk, ja? Na moich oczach umierała!

Trzeba było robić coś, psiakrew!

Ale co, nu co ja mogła zrobić, człowieku co? Oj! Bożesz moj, o ja nieszczęśliwa!

Zawołać kogo było!

Ale kogo, kogo?

A Dominiche! Abo Kuśtyka! A dziad dzie, pytam sie tata, bo z nio żadne gadanie.

Wyszed zaraz po was.

Coś o cudach wywodził, może by co jeszcze pomog?

Za późno, człowieku.

Może ona śpi?

Tato pokiwali głowo na takie moje gadanie, odkrencili sie twarzo do okna.

Zdymuje czapke. Żegnam sie. Na stołku siadam. Siedze. Nu tak. Umarła. Nu tak, nu tak, zmarnowana. Nu tak. Nu tak. Nu tak. Nu tak.

Nu tak, mowie do nich, a najbardziej do Handzi, pocieszyć jo trzeba, nu tak. Ech. Trudno. Tak musiało być. A ty nie becz, nie becz babo, Pan Bóg dał, Pan Bóg wzioł, urodzisz jeszcze niejedno. Nie pierwsze ono i nie ostatnie, ścichnij!

A ta lamentuje, co za dzieciak był, jaki pojętny, mądry, niepłaksiwy, niewybredny, żerny, niekąśliwy, czysty, ach jaki wesoły, ładny, jak ptaszeczka, jak laleczka, jak wiwióreczka. Widze: na kominie talerz z ołatkami, ołatki z siary i mąki, takie placki dwa razy do roku, dwie krowy u mnie sie cielo.

Daj jeść, mowie do niej, a do Ziutka: nie gap sie, siadaj, zjemo! Zjemo i pomyślim, co robić. Abo nie: potem zjesz, teraz leć po dziada.

Poleciał. Siedze, jem placki z zacierko, na nic nie patrze. Jem. Jem, bo dobre, co siara to siara. A Handzia: O Jezu, ty jesz tak, a ona? I w bek!

Ty nie wiszcz, pocieszajo tato, wszystkie umrzem. A może Pambóg zawczasu nad nio ulitował sie, bo życie przed nio stało ciężkie, a? Płacz ty, ale nie za dużo: pożyła jak aniołek i odleciała jak aniołek, na pański chlebek, słodziuśki. Nie bojś, Pambóg wie, co robi, o, zobacz ja! Czy ja skarże sie komu, że nie zabiera mnie i nie zabiera? Nie skarże sie ja, choć kto ja teraz? Stary trep. Śmieć. Tylko wziąść za kołnierz i wyrzucić dzie w wędoł, lepiej byłoby mnie nie żyć. A żyje!

Tkneło mnie: Może Śmierć po was przyszła i zmyliła sie?

Nie zmyliła sie, już ona nie taka zmyłliwa, pocieszajo tatko, stojała i stojała nad kołysko, takie zimno w chacie było, ze nogi marzli. Już tam ona przypatrzyła sie dobrze. E, lepiej jej nie wspominać, zarazy, bo weźmie i zawróci.

W samej rzeczy, strasszno z śmiercio w jednej chacie być, choć ta nieboszczka maleńka jeszcze. Co z nio zrobić: nie kot to, ale i nie człowiek jeszcze. Może dziś pochować? Do obiadu jeszcze kawałek, zdążyłoby sie. Co? Ona pojękuje: Bez serca ty! Czy to skorupka po jajku, że fajt i wyrzucona?

Toż ona dziś jeszcze cycke ssała!

Dzieciaka, póki nie chodził, można chować i tego dnia co umar, obstajo tato za mno, byle za widnia, póki słonko nie zaszło: po ciemku nie trafiłoby do nieba.

Do nieba? Toż ono już w niebie, mówie, czy to czym zgrzeszyło? Czy niechrzczone? Tato opowiadajo, że umierało cicho, nie było widać, jak para wyleciała. Nic nie płakało. Przestało płakać, tato myśło: czemu nie płacze? zawołali Handzie, zobacz, mówio, co jest.

Za oknem głowy migneli i zaraz do chaty wchodzo dziad z Ziutkiem: żebraczysko żegna sie nad kołysko, a Handzia przed nowym człowiekiem znowuś w bek: Iskiereczka moja, aniołeczek, jagodka, wiwióreczka, laluńka! Beczy i włosy szarpie, dziad sie na nio oglą da, kurczy sie, marszczy, już i oczy obciera, widać miętkiego serca jest, już i wzdycha, Boże, Boże, za co tak ludzi katujesz, pojękiwawszy klęka koło kołyski, modli sie, postękuje jak baba.

Płakać to i baby umiejo, mówie, wy coś zróbcie! Toż chwalili sie cudami!

Aj, jak to jego ukłuło! Kiwać sie przestał, oczy rękami podper i siedzi, siedzi na piętach, plecy jego widze naprężone. Wtem wstaje. Wstaje, prostuje sie, obydwie ręce nad kołysko wycionga. I kamienieje!

Cicho sie robi, że słychać, jak robaki ściane jedzo!

On stoi tak z wyciągniętymi ręcami, oczy zapluszczone, zęby zaciśnięte, widze jak twarz jemu czerwienieje, rosa na czoło wychodzi! Wtem, o Panie Jezu, nad nim, nad jego głowo widze blask, jak nad świętymi!

A on głosem z innego świata ogłasza:

Nie umarła dzieweczka wasza, ale śpi. Dzieweczko, mówie tobie, wstań!

A ręce trzyma i trzyma! O Jezu!

Tato zwalajo sie z murku na kolana, dzieci klękajo, Handzia oczy wybałusza. Ja siedze z ołatkiem w ręku, ze strachu ruszyć sie nie moge, przykleiło mnie do stołka. Cud wisi w powietrzu, coś sie zaraz stanie: może jasność buchnie z pułapu, aniołowie wejdo, dziad w świętego sie przemieni?

Strasznie jest, pobożnie i nie do wytrzymania! On ręce trzyma nad kołysko, z palcow iskry leco, a cały taki natężony, że drży. A z nim zaczynajo drżyć i dzwonić miski, kubki, fajerki, brzęczy wszystko w coraz większym wizgu, ciele dusi sie, wyciągnęło szyje i beczy jak zając w petli, brodatemu ręce sie trzęso, trzęso, trzęso! ja już nie mogę wytrzymać tego wizgu, blasku, świętości.

Naraz ręce dziadowi leco bezwładnie, mięknie cały i siada na murku jak worek sieczki. I siedzi przy tatku, ale jaki! Złachmaniony, jak strach po deszczu, jak odzienie rzucone w kąt: głowa leży na torbach jak słomiana, ślozy ciekno skosem przez nos po brodzie.

I nie tak już mnie szkoda dzieciaka, jak tego dziada: jakby sie widziało rybe dychające na brzegu. Abo konia ze złamanymi nogami jak zdycha. Abo zajączka kapiejącego w trawie, przeciętego koso na pół.

Zjedzcie, dziadku, zacierki z ołatkiem, pocieszam, dobre ołatki, z siary.

Żebraczysko wstaje, a oczami po podłodze ucieka, wstydzi sie. Cóż ja, grzeszny człowick, mówi, torby ściąga, sznury poprawia, cóż ja? Dziad, dziad tylko, ech tyle moge, co zmowić pacierz.

I wychodzi jak ciamajda niedołenga, zgarbiony, ledwo nogi przez próg przeciongnoł.

A dzieciak leży jak polano, tylko sie kołyska na sznurkach okręca i tak smutno, tak smutno, tak smutno. Myj, nakazuje Handzi i ide po deski.

Najsampierw sie wpuściło kobyłe do chlewa, żeb nie przestudziła sie na dworze, zgrzana była. Potem z Ziutkiem wyciągneli my spod słomy deski z rusztow, zanieśli na kozioł do piłowania: przerżneli na kawałki, cztery dłuższe, dwa krótsze na szczytki. Kończym piłować, raptem Ziutek ogląda sie na fure, na białe kore: O Jezu, przez nas, mówi i puszcza piłe, my Jadzie zabili!

A ścichnieszże, prosze, ty tylko gadać i płakać! Ciągaj.

Patrze na deski, czy nie za krótkie, ciasne spanie by miała. Nie, nie powinna. Najgorzej z goździami bedzie. Wysyłam chłopca do Kramara, osiem goździow niech przyniesie. Ale zdaje sie w kożuszku jeden jest: macam, a jakże, jest. Krzycze za nim, że siedym, siedym przynieś, niech Kramar policzy za żyto! Póki ja deski ostrugał, dopasował, zaczem zbił w skrzynke, Pietruczycha z Dominicho i Handzio obmyli dzieciaka, wystroili w białe sukieneczke i czepuszek z sinimi tasiemkami. Leży na ławce z rączkami związanymi szkaplerzykiem, świeczka pali sie nad nio. Przełożył ja jo do trumienki, na wióry, a Dominicha mówio: Czegoż czekać? Dawajcie zmowim w głos Anioł Pański i wszystko.

Zmowilim za Dominicho, potem ja święcono wodo pokropił biedaczynke i wierzchnie deske dwoma goździami przybił. Handzie trzymali tatko z babami. Zaraz Dominicha świeczke gaszo, a ja biore pod pache skrzynke, rydel, ide na mogiłki, kobiety zostajo sie Handzie pocieszać, nie puszczajo jej za trumno: mogłoby zaszkodzić, więcej by nie zaciężyła.

Na drodze Dunaja spotykam, dokądś szli za interesem. Zatrzymujo sie. Co, umarło? i po skrzynce patrzo. Najmniejsze?

Najmniejsze.

Szkoda, wieczne odpocznienie daj jej, Panie, choć prawde powiedziawszy, nima po czym. Dziewczynka?

Ale też szkoda.

Ona zdaje sie kwietniowa? Hm, to szkoda, żałujo Dunaj, podchowana, jeszcze z pół roku i sama by rosła.

Pewnie, starsze by pilnowali.

O, tak, człowieka wychować ciężko. Po mojemu jeden dzieciak kosztuje zachodu więcej niż ze trzy cielaki!

E, trzy nie, mówie, prawda, przy dzieciaku więcej lataniny niż koło bydlaczka, ale to baba lata. I po drugie dzieciak tyle nie zje co jałoszka.

O, wa! Ale jałoszka już po trzecim roku mleko da! A, córka, w ile lat? I jeszcze trzeba dołożyć, żeby jo wzieli! Nie ma to jak syn, bodajby sie na klepisku rodził: pastuszek, robotnik, podpora na starość. Nu, ide, w sprawie szkoły latam!

A to bedzie ta szkoła?

O, żonka z uczycielko już izbe szykujo: sprzątajo, bielo. Nu idź z Bogiem.

Natośnicha z Antochowo przez płot gadajo: rękami spódnicy poodciągali od kolanow, szczo na stojąco. Mnie zobaczyli, przestali.

Umarło? pytajo Natośnicha.

Ehe.

Najmniejsze?

Ehe.

Baby żegnajo sie, kiwajo głowami: A jak Handzia? Mocno płakała?

Mocno.

Ot babska dola, wzdycha Antochowa: nanosisz sie tego, wycierpisz, nocami nie dośpisz i masz! W błoto!

E, czemu, przeciwio sie Natośnicha, bedzie miał Pambóg aniołka.

Pambóg tak, ale co matce z tego?

Nie gadajcie, nie narzekajcie: zawsze to w razie czego wstawi sie, pomodli.

Jak nie zapomni, mówie i ide.

Przekładam skrzynke do drugiej renki, bo zaciężyło: niby tylko cztery deski, niby nieboszczka od kądziołki nie większa, ale póki ja jo na mogiłki zanios, rence wyciągnęli sie mnie do pół łydkow. Nawet ładnie tutaj, na mogiłkach, za dnia przy pogodzie. I niestraszno. Ale dzie ja ciebie nieboraczko pochowam? Bo chibaż nie ze starymi: o czym ty bedziesz gadać ze starymi, jak ty ani lnu nie przędła, ani tkała, sierpa w ręku nie miała! Z ptaszeczkami tobie świerkać, tak, koło brzozki my tobie pościelem: bedziesz patrzyć, jak pączki sie rozkręcajo, zieleniejo gałązki, wróbelki skaczo.

Ale grunt przemarznięty, z wierzchu skorupa, nie za bardzo ona rydla chce. Jakoś przebijam sie, a głębiej piach już i całkiem letko. Wykopawszy jame do paska, wpuścił ja trumienke na dno, uszykował, żeb prosto stała, popatrzył trochu z góry, poodpoczywał, przeżegnał sie i zawalił. Potem uszykował z ziemi kopczyk, uklepał zgrabnie, a na wierzchu odcisnoł trzonkiem krzyż. Nu i to jakby wszystko. Aha, jeszcze pacierz zmowić nie zaszkodzi. Klękam. A powietrze przyjemne jest, suche, mroźne, trawy choć przemarźnięte śmierdzo ładnie kiszonym. Nu, ostawaj sie z Bogiem, ptaszeczko.

Z bramy wychodze, a tu stara chwoja naprzeciwko stoi za drogo jak dzwonnica. I jełowiec z rosochami.

Zobaczyć drzewo z bliska chibaż nie grzech? Dzień, widno, słońce na niebie, czegoż boić sie? Zobacze!

Góra tu łysa, nikt nie orze, bo żwiry, miejsce akurat zajęcam na wesela, tylko suche dziewanny sterczo. Pódchodze pod same chwoje, szumi jak nie z tego świata, ależ te choiny szumio, jaki to szum majo, jakby wszystko wiedzieli! Bo musi i wie ona niemało, taka stara chwoja. Jełowiec też nie wiadomo ile ma, sto lat czy tysiąc, słyszał kto kiedy o jełowcu do pół chwoi wysokim! Kiedyż urosnoł? Wiekow trzeba było.

A ciekawe, ciekawe, jak ten koń leży? Na boku? A może stoi? Jezu, tyle złota, jak to jest, że tyle złota leży tuż tuż pod ziemio i nima żadnej drogi do niego!

E, pewno tego konia nima, musi prawde mowił wojt, że stare wydumali take bajke, żeby dzieciom opowiadać wieczorami. Tato mowio, że przeklęty. Ale jak òn naprawde był zakopany, to choć przeklęty, musi tu leżyć: jak nie w złocie, to w żelazie, drzewie, abo i w gnoju, ale coś być musi. A przeklęcia Szymon wiedzo, umiejo zamawiać choroby, błogosławić, umiejo i przekląć: to może i konia odczynić z błota czy gnoju umielib? Ciekawe. Ale rydel, toż ja rydel na ramieniu trzymam! Strach skądś sie bierze, żeby Broń Boże ziemi rydlem nie dotknąć. Nu ale jak dotkne troszku, czuć, czuć, toż za to ogień chiba nie spali, toż ja kopać nie chce. Może dotknąć? Coś ciągnie, ale coś jeszcze mocniej za rękę trzyma. Jedno nagina, drugie odgina, stoje w strachu coraz większym. Aj, jakby tak ustawić pod jełowcem stoły, a na nich rozłożyć te bogactwa, co wojt naopowiadał, stoły z misami, w misach wyroby z mięsa, kumpiaki, smażona wętroba, kindziuchi, saltysony! A między nimi cukru kupa wielka jak piachu. Marmulady jak błota. A słodkich żydowskich bułkow cała kopica!

Ale czemu ręki z rydlem opuścić nie moge! Ręka mięknie, bezwładnieje. A może tam w ziemi, pod jełowcem, może co czarnego siedzi? Kudłate, rogate, morda czerwona i pilnuje konia i teraz na mnie przez ziemie patrzy!

I stoje tak ni fte ni wefte, nogi z kamienia, głowa z kamienia, tylko oczy wszystko widzo, uszy słyszo!

I naraz szurnęło coś za plecami po gałęziach, zleciało! O nie, to nie gałąska: o ziemie stuknęło jak kopytami, duch czort, może Grzegor! Ojezu, szarpnęło mno, aż czapka zleciała, porwało mnie, pognało z górki na prostki przez zagony, miedze, broźny, krzaki, oj, widział kto, ludkowie, konia, jak ucieka przed wilkami, zająca, jak wieje przed psami, jak takiego nogi nioso? Tak i mnie nieśli, byle dalej od jełowca. Ojezu, do wioski, do ludziow! Aż przy pierwszych domach popuściło: kłade sie na Dunajowym płocie i dycham, dycham, dycham, jakby rok żył bez dychania, rozum jeszcze kołuje, ale dycham, dycham, pamięć jakoś wraca sie, spoglądam po sobie: cały, żywy, rydel w ręku. Tylko czapki nima, ale co tam czapka, Chwała Bogu, Bogu Dzięki, że głowy nie ukrenciło.

A chodź tu, wołajo Dunaj z ganku, co tobie, człowieku, klepke tobie urwało?

Oj, stryku gorzej, dycham, gorzej! Zdaje sie Grzegor!

A zajdźno, wołajo.

Zachodze. Jest uczycielka, jest Dunaj, Dunaicha i Kozakow Stach Jej Bohu. Uczycielka chodzi wielkimi krokami pod ściano, tam i nazad, Dunaicha ściany bielo, Stach Jej Bohu dechy hebluje, długie.

Uczycielka, jakaż ona wysoka, większa ode mnie, długa, cieniutka. A uroda cygańska, oczy czarne, włosy czarne kręcące sie, cera czarniawa. I żadnej sodomy gomory na niej nie widać: młodziutka, milutka.

Co cie gnało, mówio Dunaj, wilki?

Grzegor!

Abodajby jego małanka spaliła, co on już dokazuje, ten Grzegor! klno Dunaj. Że to nima na niego sposobu! Opowiadaj.

To im opowiadam jak było: stanoł ja pod chwojo, popatrzyć na jełowiec z rosochami, co mówio, że pod nim złoty koń zakopany, aż tu coś z tyłu jak nie skoczy na mnie, cap za włosy! Jakoś udało sie wyrwać, tylko czapka została sie w jego rękach. Pewno zadusić chciał!

Nu i co? pytajo sie Dunaj uczycielki. A wy wczoraj nam tłómaczyli, że duchow nima!

Jakże nima, ja na to, wczoraj ja na własne uszy słyszał Grzegora, jak cepem młocił w stodole.

Uczycielka dawaj wypytywać, na co on umar, ten Grzegor. Mówim, że przy sianie dziewiętucha jego ukąsiła, taka kuzaka, co jak ukąsi, to dziewiątego dnia sie umiera. A wypalić jad żelazem, ona na to. My: Nie, nic z tego, nima na hadzine ratunku. Ona: A czemu niby Grzegor ma straszyć? My: Naznaczony był, białe włosy miał, białe brwi, czerwone oczy, bezdzietny!

Uczycielka kręci głowo, śmieje sie, tłómaczy, że mnie sie wydało: Chce pan, zaraz pójdę z panem po czapkę i nic mnie za włosy nie chwyci. Ale o tym Grzegorze porozmawiamy jeszcze nieraz: na razie znajdźmy kwatere, panie Dunaj. Naprawde tak trudno znaleźć jakiś pokój z łóżkiem?

Może u ryżego Litwina na chacie? zastanawiajo sie Dunaj.

Na chacie? dziwi sie ona. Na dachu?

To Dunaj tołkujo, że na chacie znaczy w pokoju: u nas na duże izbe mówi sie chata, a na małe zapieco. Litwin z żonko śpio na chacie, a moglib swoje łożko opróżnić dla pani, jakby przeszli zapiec, na łożko babczyne, bo babka śpio sama. Tyle że trzeba wcisnąć babke do dzieciow.

Dunaicha pytajo, jakże obydwoje Litwiny zmieszczo sie w babczynym łożku? Niewąskie ono, ale zobacz ty, jaka Litwinicha gruba! Toż jej dwiema rękami nie obejmiesz!

To może Litwinow przenieść zapiec z ich łożkiem, a babczyne wystawić dla pani do pokoju? radzo Dunaj, zapomniawszy, że babczyne łóżko krótkie, o, tyle trzeba by paninych nogow uciąć, żeb sie pani zmieściła, pokazuje jej ile. I radze, że lepiej bedzie jak do dzieciow abo do babki pójdzie Litwin, a pani legnie z Litwinicho: Litwinicha gruba, pani cieńka, zmieścicie sie.

Uczycielka sie przeciwi: nie, nie, ja chce spać sama, musze mieć oddzielne łóżko i pokój.

Zaraz, zaraz, a u Kuśtykow? przypomniało sie Dunaisie:

Na Szymonowym szlabanku, co?

A dzie legno Szymon, jak sie im zabierze szlabanek, pytajo Dunaj.

Dunaicha najpierw bez słowa w głowie wszystkich układajo, przekładajo, a poprzekładawszy tłómaczo:

Na nowym łożku śpio Handzia, Kazio i Stach, na starym babka, Jadzia i Szymonicha, Szymon na szlabanku, w pokoju. Zrobi sie tak: Szymon zostawio szlabanek dzie był i bedzie pani miała i spanie, i pokój. A teraz co z Szymonem: Szymona sie położy zapieco na starym łóżku.

Z babko, żonko i córko? krzywio sie Dunaj: to ja stary by nie ryzykował, a Szymon? Toż on z dziesięć lat młodszy!

Ścichnij plejto, ciągno Dunaicha, Jadzi sie z Szymonem nie zostawi: ona przejdzie na nowe łóżko, a Szymon zostanie z żonko i babko. Dunajowi sie niepodoba i to, że Jadzia miałaby na nowym łożku spać z Handzio, Stachiem i Kazikiem: Toż Jadzi już lat z siedymnaście, Stachowi ze dwadzieście, jakże kłaść ich w jednym łożku!

Dunaicha nie ustępujo: A czyż ja mówiła, że Stach bedzie leżał bok w bok z Jadzio? Trzeba ich rozdzielić! Dajmy na to Jadzie położyć od ściany, a potem Handzie, a ileż jej, z dziesięć lat, potem Kazia, ileż jemu, ze dwanaście! A za Kaziem, z brzega, ten Stach, najstarszy.

Ale ale, kto ich tam noco upilnuje, poprzełażo, nie dowierzajo Dunaj. A Dunaicha wywodzo, że nowe łożko stoi w jednej izbie ze starym: czyż stare nie naglądno, czy tam młode nie dokazujo?

Po mojemu bezpieczniej bedzie przerzucić do chłopcow nie Jadzie, ale babke, radzo Dunaj, babce osimdziesiont pare.

Tak? A Jadzie zostawić z Szymonicho i Szymonem? Z ojcem rodzonym? Ty Stachu zdaje sie wstydu nimasz!

Ale Dunaj uciszajo żonke, że już jest sposob: A tak, bedzie spał Szymon z córko i z Szymonicho, tylko że Jadzie trzeba położyć od ściany, potem Szymoniche, potem Szymona. Ot i jakoś wydumalimy razem. Nu to co? Niech panienka bierze waliski, pojdziem!

Nic z tego, ja ogłaszam: Jakże Szymon ma spać z Jadzio i żonko, kiedy noga!

Co noga?

A podkurczona! Toż dwie baby spalib jemu na kuśtyku!

Dunaj aż za głowe sie złapali z żalu, ale Dunaicha nie ustępujo: Przekręci sie na taki bok, żeb kuśtyczysko wysławało jemu nie na łóżko, ale za łóżko, a Dunaj: boj sie Boga, kobieto, całe noc trzymać noge za łóżkiem? Kto wytrzyma!

Ławke pod noge podstawi!

Ależ i święty nie wytrzymałby nocy na jednym boku!

A jak Filip śpi na ławie? Jeden bok odleży, to co robi? Przekręca sie głowo tam dzie nogi i znow kolana ma do chaty, nie w ściane. Tak samo Szymon, przekręci sie nogami na poduszke: bok sobie zmieni, a kuśtyczysko znowuś bedzie sterczało za łóżko, jak sterczało!

Uczycielka stoi pod ściano, trzewiczkiem o trzewiczek postukuje, a odziana letko, w jakiś paltocik z kapuzo, sukienka ledwo kolana zakrywa, głowa goła, bez chustki, słucha i głowo kręci z podziwu, że tak wszystko wiemy, i raz po raz grzywke z oczow odgarnia. Dunaj ogłaszajo, że jest lepszy sposob!

No, no? Zaciekawiło nas, co też Dunaj wymyślili. A oni, że u Złośnego Bartoszka murek niezajęty! Niech tylko Bartoszek pójdzie na murek i już całe łożko puste!

Dunaicha sie przeciwio: pani ma życzenie, żeb mleko było. A Złośnemu krowa zdechła.

A prawda, wzdychajo Dunaj, tak kiepsko, tak niedobrze. Wtem za ręke mnie łapio: A Kaziuk, krzyczo, toż u niego krowa ocieliła sie!

Przestraszyli mnie:

Jakże u mnie, bronie sie, toż my same w mituś śpimy! A uczycielka: W mituś? Co to takiego?

Dunaicha tłumaczo, że spanie w mituś to w przekładanke, jedne drugim nogami pod pache, jak snopki, tak więcej mieści się w łóżku. Ale Dunaj od razu jo pocieszajo, że nie bedzie z nami w mituś spała: Toż u ciebie, Kaziuk, drugi pokoj jest! Pokoj pusty i łożko puste!

Puste, bo tam zimno, mowie, szyba wybita.

Nu to wstawisz!

Skąd szkło wezme?

Dobra, szkło bedzie, moja w tym głowa. Nima co, niechaj pani waliske składa, idziem do Kaziuka, cieszo sie Dunaj, dzieciak umar, Handzia wolniejsza, lepiej zadba, ugotuje!

Ja tylko do lata, panie Kazimierzu, powiada ona przymilnie, niech sie pan nie boi, gmina zapłaci za kwatere.

I wychodzo z Dunaicho zapiec. A Dunaj caps mnie za rękaw i tołkujo z bliska: człowieku sto złotych dostaniesz, sam by ja sie połakomił, ale chata już na klase oddana, a zapieco miejsca nima.

Sto za rok, namyślam sie, czy to tak dużo?

A oni: Sto za miesiąc, człowieku!

Za miesionc? O, choroba, sto za miesiąc, dużo pieniondza! Ileż to mączki, goździow, nafty można dostać u Kramara, za sto złotych! Ale czy oni czego nie knujo? Czemu dajmy na to Kozak jej nie bierze? Czemu ty Stachu jej nie bierzesz, pytam sie.

On hebel odstawia: Myślisz, że sie boje? Nie! Ciasnota, a do tego żonka gruba, lada dzień rozwali sie.

A Dunaicha z uczycielko już czekajo na drodze. To i my wychodzim. Dunaj bioro od nich torbe ze skorzanymi pasami, ja te czarne plaskate skrzynke z rączko, idziem. Dunaj pierszy, za nim Dunaicha, potem uczycielka, ja na końcu, a głowa huczy od tego wszystkiego! Uczycielka wsadziła ręce w kieszonki i stąpa delikatnie: łydki cienkie, tyłek maleńki, a wysoka jak palma i jak wierzbowa palma giętka, idzie i gnie sie, przegibuje: czasem pod prąd ryby tak sie przeginajo, bluszcz na nurcie tak faluje. Stąpa sobie, przegina sie i włosy z oczow odrzuca raz po raz.

Lekcje zrobimy na dwie zmiany, ogłasza do Dunajow, do obiadu dzieci młodsze, po obiedzie starsze.

Wtem spod plota wyłażo Szymon Kuśtyk: Niech bedzie pochwalony Jezus Hrystus i czapke zdymajo przed uczycielko.

Na wieki wiekow, dzieńdobry, odpowiada ona, Kuśtyk dołączajo, hycajo nad ziemio: tu ręko sie podepro, tam podskoczo, nadążajo za Dunaicho, na uczycielke popatrujo z dołu. I pytajo sie wreszcie, jakie litery bedo uczone: i pisane, i drukowane?

Tak, mówi ona, pisane i drukowane.

Czytać pisane i drukowane, i pisać pisane i drukowane?

Pisać tylko pisane.

E, to słabo. Nieboszczko Grzegor pisał drukowanymi. A pisanymi?

Pisanymi nie umiał, on na książkach wyuczony. A czytał tak prętko, jakby rozmawiał! Pani które litery bedzie uczyć, polskie czy ruskie?

Polskie.

A ja umiem pare ruskich. Umiem, be, we, cze i że. Kiedyś uczył tu u nas ruski partyzant, ale jakieś przyjechali i zabrali jego. A czy to prawda, co mówio, że od czytania rozum miesza sie?

Może, ale nie tylko od czytania. Znałam jednego co zwariował, choć nie umiał ni czytać, ni pisać.

A czy nie nazywał sie Boluś?

Nie, Rurka Jerzy.

Bo u nas był kiedyś durny Boluś, ale w świat poszed i zaginoł. A może to był Boluś? może sie przemianował na rurke, głupie to lubiejo. Lewe oko miał niżej?

Nie, obydwa równo.

To nie ten.

Oni gadu gadu, a tu już chata blisko, Jezu, na pewno śmieci nieprzymiecione, słoma spod cielaka porozciągana. Macie, ponieście! daje Kuśtykowi waliske i lece naprzód, dolatuje do chaty, wpadam, a jakże: Handzia w ceberku kartofli sieka, a podłoga jak klepisko po młoćbie! Zamiataj, uczycielka z Dunajami ido!

Przestraszyła sie, zamiast za miotle złapać, dawaj dzieci lać po dópach, z cielakiem sie draźnili. Co robić? Kołyske łapie, sznury z goździa zdzieram, wynosze, ale już oni w sieniach. Daleko kołyski nie chowaj, niezadługo przyda sie, przygaduje Dunaj, a tu kury im pod nogami skaczo, trzepoczo sie, wrzeszczo. Trudno, laze po drabinie na góre, rzucam kołyske w ciemno, coś tam przewróciło sie, zahuczało i złaże.

A to ten cielak, co my wczoraj pani opowiadali, pokazujo Dunaj małego w kątku.

Uczycielka przyklękła i gładzi bydlaczka po szyi: Śliczny, jakie śliczne oczy ma, czarnuszek! Ale co wy od niego chcecie, dziwi się, przecież on całkiem zwyczajny.

On rżał, mówio Dunaj. A ciele powinno meczyć.

Nie wierze, kręci ona głowo, zróbcie coś, żeby zarżał, wtedy uwierze.

Teraz on meczy, tlómaczo tatko: Ale z początku rżał.

Albo ze mnie kpicie dziadku, albo z siebie, powiada uczycielka i do Ziutka sie odwraca:

Jak sie nazywasz?

On oczy kułakiem zatyka.

Nie wstydź sie, mówi ona. Ile masz lat?

Chłopiec fajt, obrócił sie do niej tyłem i w kątek sie wciska, Handzia bach jego po zadku, bach drugi raz: Co ty, dziki? Gadaj, jak pani sie pyta.

Ona pogłaskawszy główke pociesza jego, żeby sie nie bojał, my sie jeszcze polubimy, mówi. Dunaicha odmykajo drzwi na chate, pokaż Handzia pokoj panience, mówio, kfaterować u was bedzie. Wchodzo, wchodzim, uczycielka rozgląda sie, a dzie spojrzy, nasze oczy za swoimi ciągnie. Tak oglądnelı my łóżko, na łóżku poduchy, na poduchach poduszki, na poduszkach poduszeczki, obraz Matkiboski pocentkowany, ławe, kuferek, szmatniki na podłodze.

To pani tkała, pyta sie uczycielka i Handzia czerwienieje, na nas patrzy, nie wie, czy przyznawać sie, czy nie.

Ładne, mówi uczycielka.

Naprawde?

Bardzo ładne.

Dopieroż pochwalona, przyznała sie Handzia, że to jej robota: Ja tkała, mowi.

I teraz jak tak stojo koło siebie, baba przy babie, teraz ja widze, jaka różnica między uczycielko a żonko! Jak brzoza przy stogu! Rozga przy kopicy! Jak konopka, konopielka i jak kapusta. Aż sie widzi, co by było, jakby tak jo Handzia wpół złapała swoimi renkami: toż mogłaby nio wywijać jak snopkiem konopiow, jak gałęzio, jak grabiami!

Ładny pokoj, podlizuje sie uczycielka. A poduszke z okna chyba wyjmiemy: póki szyby nie ma, może dyktą zasłonić? Dunaj przyrzekajo, że Kozak to zrobi. I może już pani sie rozgaszczać. Wynieś, Handzia, trochu poduszkow, przysposob łożko jak do spania. A ty, Kaziuk, chodź na strone.

Wyszli my do sieni.

Najtrudniejsza sprawa ze sraniem, mówio Dunaj po cichu. Dzie ona chodzić bedzie? Toż nie za stodołe!

A coż takiego?

Y, jakoś nie wypada, żeb urzędniczka dópe na wiater wystawiała.

Przyzwyczai sie. A u was dzisiaj dzie chodziła?

Do świńskiego chlewa.

Toż i u mnie chlew jest.

Ale przydałby sie specyjalny budyneczek.

E, nie bede ja deskow marnował na czyjeś wydumki. Jak jej w chlewie kiepsko, niechaj kroi do waliski!

Wracamy sie do chaty, a ona akurat te waliske odmyka, rzeczy z waliski wyjmuje i z torby, i po chacie rozkłada. Stajem przy drzwiach, tato, Dunaj, Dunaicha, Handzia, ja, Szymon i dzieci, patrzym.

Wyjęła najsampierw papierowe torebke i nam podsunęła, częstuje, biore i ja cukierek czarniawy, lepki, słodki, w samym środku trochu gęstej marmuladki. Smoktawszy, patrzym, co bedzie.

Wyciąga ona z torby koszule w paski i nogawki, tak nogawki też w paski. Sfeter. A potem jakieś pudełeczka i słoiczki, szczoteczki na trzoneczkach, pantofelki i gumiane boty z cholewkami. A z waliski wyjmuje papuge koszulow, majtkow, bluzkow, potem książki i kajety. A wszystko to rozkłada na ławie, stole, kuferku. W końcu odwija ze szmaty zygareczek, nie większy od kułaka, zygarek ten nakręca, wskazowki nastawia: naraz dzwoni on drobnym dzwonieniem!

O, dzwoni, chwalo Szymon, ale półgębkiem, bo cukierka w gębie obracajo, a Dunaj tołkuje nam, że to budzik: nastawisz na jake chcesz pore i sam tobie dzwoni. Chcesz rano, zadzwoni rano, chcesz w nocy, zadzwoni w nocy.

To co, bedzie noco wstawać, pytam sie, choroba niedobrze, nafte bedzie wypalała. A Dunaicha rozczulajo sie nad nio jak nad sierotko: Pani pewno jeść już chce? Tak, tak, na pewno panienka zgłodniała, może Handzia przyszykujesz co prętkiego? Może jajeczni?

E, na co smażyć, jajka najlepsze syrowe, doradzajo tato, a cukierek oblizujo jak kot patelnie.

A dzie tam syrowe! Smaż, rozkazujo Dunaj, hojne, bo z cudzych jajkow ta jajecznia: Jajeczni niech sobie panienka zje, a co, nalatała sie! Jajecznie smażcie!

Handzia smażyć poszła, a my patrzym, co uczycielka jeszcze ma.

Atramenty miała w buteleczkach, ołówki i obsadki, poustawiała ich na stole jedne przy drugich, tata tak ciągneło oglądnoć to z bliska, że aż za kuferek zawendrowali: A panienka nimajo takiej kręcawki, co jak zakręcić, to jedno wylatuje, a drugie z boku naskakuje i brum! stukajo sie i sie błyska? pytajo sie mlaskawszy cukierkiem. Ona mówi, że nima takiej kręcawki. Tato chwalo sie: A w Suraźu jedna pani miała. Ale ona nie wyszła za mąż, bo chciała do klasztoru. A jej tatko rower miał, uczył sie na nim jeździć, uczył sie, uczył, aż wzięli i ukradli jemu te maszyne! nie znała ich panienka?

Oj, nie zawracajcie pani głowy, obsztorcowali Dunaicha: ploto, ploto, a pani pewno potrzebuje do pokoju jakieś wiadro z wodo i miske? Nie zapomnij, Kaziuk, wyszykować pani jakiś czyściejszy skopek. A ty Handzia, co ty, jajecznie w patelni dajesz? Na miske raz dwa przesyp i nie łyżke, nie łyżke dawaj, widelca poszukaj! Nimasz, to pożyce.

Ale tatko dobrze pamiętali, dzie nasz widelec leży: Jest jest, na policy koło kubka z mączko! Handzia nic nie powiedziała, tylko pogroziła im palcem, już oni wiedzo za co, przyniosła widelec, miske, powycierała jedno i drugie fartuchiem, jajecznie przesypała do miski, a sama stanęła z boku, popatrzyć na jedzenie tego.

My tak samo rozsiadamy sie, kto na ławie, kto na kuferku, dzieci na progu, Szymon na kuśtyku.

Usiadła przy obrusie, chleba ukroiła sobie nie skibke, ale listek i trzyma w dwóch palcach przed sobo, jakby pokazywała, co trzyma. I widelec ściska leciutko i zgrabnie i robi tak: skosem ucina trochu jajeczni, nabiera, niesie widelcem i pac! ni to wrzuca do środka, ni zgarnia językiem, prędziuśko, leciuśko. Teraz łypki zacisnowszy, żuje, a przeżuje, to chlebem zakąsi. Chleb żuwszy opuszcza widelec do miski, ale jeszcze nim nie dziobie: dożuwa, a widelec sobie czeka w misce, ona w tymczasie popatruje po ścianie, po szlaczku, co leci pod sufitem, kogutki tam namalowane i rożyczki.

Potem znowuś jajeczni łyknie, żuje, przeżuwszy popatruje to na Matkeboske, to na makatke z gołombkami. Jadła tak, jadła, wtem na nas spojrzała i jak nie buchnie śmiechem! No to i my sie z nio śmiejem, bo ładnie sie roześmiała, wesoło. Wyśmiawszy sie, patrzymy sobie dalej, ona już nie rozgląda sie, tylko w miske patrzy. Nareszcie kładzie widelec, powiada dziękuję, wstaje. Zaraz podchodzi Handzia po miske: A co, dziwi sie, nie smakowało? Smakowało, bardzo smakowało, ale najadłam sie, mówi ona. Handzia niesie miske zapiec, my za nio, patrzym: z pół jajka niezjedzone! I czemu? Czy kto widział kiedy takiego, co by wszystkiej jajeczni nie zjad? Kartofli, bywa, nie zje sie do końca, kapusty bywa zostanie, czasem i żuru nagotuje sie za dużo. Ale jajeczni, ludkowie, czy komu kiedy było za dużo jajeczni?

A może ona, uczycielka, jaka chora? Może sie za co obraziła? Może jakiego robaka znalazła zapieczonego i zbrzydziło jo? Obraca Handzia jajecznie na druge strone: nie, nic hadkiego nie widać. A może przesolona? pytajo sie cicho Dunaicha. Próbujem: dzie tam, dobra, tylko jeść i z palcow zlizywać!

Jak jej ta jajecznia nie smakuje, to czymżesz, do choroby, będziem my jo karmić, pytam sie Dunajow. Nie bojś, pocieszajo Dunaicha, przyzwyczai sie do was, wy do niej.

Uczycielka wchodzi zapiece: znowuś w paltosiku z kapuzo, kajet w ręku ma i obsadke: to co, panie Dunaj, ruszamy po chatach stódentów spisywać? Ty, Ziutek, też bedziesz chodził do szkoły, mówi, głaskawszy chłopca po włosach. I wychodzo z chaty, Kuśtyk z nimi.

Nareszcie my sami w domu, bo cały dzień ruch był jak na weselu. Patrzym sie, ja na Handzie i tata, tato na nas, Handzia na mnie, patrzym sie i czegoś straszno sie robi. A już ciemnawo w chacie.

Tak, straszno. Wszystko niby jak było: pieca ta sama, sagany, stołki te same, dzieci te same, niby tak samo, a jakoś inaczej! Nasza chata, a trochu jakby nie nasza! Słychać zygarek za drzwiami: straszno, nikogo tam nima, a on cyka, jak żywy. Jak jaki zwierzaczek!

Żeb ona jakiego nieszczęścia nie przyniosła, powiadajo wreszcie tato. A Handzia: E, taka cieniutka?

Sto złotych za miesiąc, pocieszam.

A tu zaszamotało sie w słomie i co sie nie robi: cielak wstaje na nogi! Wstał i zaraz bach gębo w słome.

Ale nic, znowuś próbuje: mocuje sie, podryguje, stęka, i co widzim: dźwignoł sie jakoś! Przednimi nogami stoi, zadnimi siedzi, jak pies. Jak wilk. Tylko brakuje, żeb morde zader i zaczoł wyć do pułapu.

Co za dni sie zaczeli, jakie wieczory! Prawie jej nie było, niby tylko na obiad zachodziła i spać, ale wkoło niej kręciło sie wszystko w domu. Niby my nad nio nie skakali, toż nie królewna ona, nie panna młoda na weselu, ale na to wychodziło, że ona w chacie najważniejsza: nie ja, gospodarz, nie Handzia, nie tatko, tylko ona, przyczepka. Ale też, prawde powiedziawszy, wszystko, co robiła, ciekawe było: ciekawiło, jak myje sie, kiedy mówi pacierz, czy umie prząść, czemu nie smakowała jej zacierka z brukwio, co powie na kluski z makiem, czemu kłustych skwarkow nie je, czym glansuje trzewiki, co znaczy słówko: w buszu, całkiem jak w buszu, tak powiedziała, ciekawiło też, ile razy chodzi do chlewka, jak często myje skarpiety, co za lekarstwo łyka, ile majtkow ma. Już pierwszego ranka przecknoł sie ja inaczej, nie było wygrzewania sie, czochrania, wysiadywania: od razu oczy odmykam, od razu myśl: czy ona śpi? Nasłuchuje: cicho za drzwiami, pewno śpi, ciekawe jak też taka śpi? Na boku? Na plecach? A może na brzuchu, młode dziewczęta lubiejo na brzuchu, sie widywało. Choć ona nie taka młodziutka, jak wygląda, ho ho, Dunaj mówio, że dwadzieścia i pięć, choroba, toż to prawie tyle co moja Handzia. Tyle lat, do tego miastowa, e, niemało musiała sprobować. Prawda, że na delikatne wygląda, nienaruszone. Ale jak to sie, łasica, przegina idący! E, widać wyginali już jo w różne strony. Nu, trzeba powiedzieć na jej obrone, że taka wysoka cienka nie może nie przeginać sie, toż talja jej sie łamie. Ale czy jej tam nie zimno samiutkiej? Bo mnie tutaj przy Handzi uf, gorąco, ciekawe, skąd te baby tyle żaru majo, czy nie z brzucha? Tak, na pewno w tych ich brzuchach sie ono, gorąco, kłębi.

Szturcham Handzie, że czas: trzeba mleka nadoić, zaparzyć, wody ciepłej zagrzać do mycia. I Handzia budzi sie prętko, nie maże sie w pościeli, raz dwa sukienke naciąga, kaftany, ona też wie.

Prawde powiedziawszy, nie bardzo chciało sie mnie tego rana w stodole robić. Pokręcił sie ja trochu po gumnie, krowam dał, kuram sypnoł, cep poprawił, bo

sie gązwa obluzowała, ale młocić nie zaczoł: wracam
sie do chaty, siadam koło pieca, czekam, co bedzie. Na
dworze rozwidniło sie prawie całkiem, woda do mycia
ze dwa razy zdążyła ostygnąć, mleko gorące czekało
na płycie, w sagankach dochodzili kartofli świniom.
Nareszcie zadzwoniło!

Zadzwoniło, i zaraz zatrzeszczało łożko. Chwilka
jeszcze i wysówa sie z drzwiow głowa poczochrana
czarna, słyszym: Dzień dobry, o, już wszyscy na nogach! Poproszę trochę ciepłej wody, paniu Haniu!

Dzieńdobry, mówi Handzia i na brzuchu saganek
z wodo niesie za dwa ucha.

Siadam przy cielaku z ceberkiem, gębe jego wtykam w mleko, poje, ale wszystko słysze: jak tam ona
pluska w kopańce, chodzi, pośpiewuje, pije mleko.
Może mączki dać do chleba, pyta sie Handzia, a ona
nie, dziękuje, wolę bez.

A potem, już w tej kurtce z kapuzo, z kajetem pod
pacho, grzawszy ręce przed popielnikiem mówi, że dziś
bedzie dalej spisywać dzieci do szkoły. A ciebie, Ziutek, od razu zapisze, i kajet rozpościera, obsadke roskłada: Józef jesteś, a jak dalej? No, pochwal sie.

Kaziukow, mówi chłopiec i oczy rękami zasłania.

Kazimierz, to twój tato. Ale ty masz i nazwisko.
No, jak? Handzia pogania: Nu gadaj! Toż wiesz!

Kirelejson, on na to, a my w śmiech: Kirelejsona-
mi przezywajo w wiosce nas i Michałów za tata, bo takie ich przymówisko.

A ona: Kirelejsony to wasz przydomek wioskowy?
A nazwisko? Prawdziwe nazwisko? Ba, a jak dalej?
No? Bar?

Bartoszko! nie wytrzymuje Handzia, tatko przeciwio sie zaras: Wcale nie! To tylko mówi sie Bartoszko.
A naprawde jest Bartosz. Mój tato nazywali sie Bartosz, Stanisław Bartosz! Uczycielka do mnie sie obra-

ca, pyta, jak ksiądz zapisał nas przy ślubie? Bartosz czy Bartoszko?

Zdaje sie Bartosz.

A mnie sie zdaje, że Bartoszko, przypomina Handzia: Bartoszko Kaźmier i Hanna.

A żadnych dokumentów pan nie ma? pyta sie uczycielka. Ja wstaje, ide na chate, jakieś papiery leżeli za Matkobosko, między nimi paszport, grubszy, twardziejszy z pieczątko, dali to jak do wojska brali: nie wzięli, bo coś im moje nogi nie pasowali. Daje jej te papiery i ten z pieczątko, ona pod okno niesie, czyta, czyta.

Bartoszewicz! ogłasza.

A dzie tam! złoszczo sie tatko: Bartoszewicze żyjo w Surażu. A w Taplarach Bartosze!

Najbardziej zdziwiło Handzie. Śmiać sie zaczeła: Bartosiewicz, hahaha, patrzajcie, Kazimierz, tyle lat z nim żyła, myślała, że z Kaźmierem, a on Kazimierz. I to Bartosiewicz! To ja Bartosiewicz Hanna? Ha, ha, ha, patrzajcie: Bartosiewicz!

Bartoszewicz, poprawia uczycielka i zapisuje: Bartoszewicz Józef! Zapamiętaj Ziutek. No, powtórz.

Ale dzie tam on powie, beksa! Płacze czegoś koło łożka, a czego, sam czort nie wie. I na cóż takiego zapisywać, mówie, nie szkoda to paninego czasu i kajeta na take żabe? Ale ona widać serca miętkiego: głaszcze chłopca, pociesza, że bardzo miły chłopczyk, i bedzie dobrym uczniem.

A drogo to bedzie, ta szkoła?

Tyle co na ksionszke, zeszyty, ołówki. Ze sto złotych wszystkiego.

A nie dałoby sie po znajomości wykręcić jego od tej szkoły?

Ona śmieje sie: Oho, po znajomości to sie jeszcze dokręci!

Dokręci sie, żeby chodził.

A czy to jemu potrzebne do czegoś to czytanie i pisanie, pytamy sie: Tato nie umiejo, Handzia nie umie, ja nie umiem, a Chwała Bogu, żyjem po chrześcijańsku.

Ale słyszym: I na was przyjdzie pora, może już za rok. Zapewniam panią, pani Haniu, jak zacznie pani czytać książki i gazety, innymi oczami pani świat zobaczy. Handzia kręci głowo: A Broń Boże! Na co mnie oczy zmieniać, jak ja nimi prawie trzydzieście lat patrze i widze wszystko jak trzeba!

Dobrze, pogadamy kiedy wieczorem, teraz lece do sołtysa, powiada ona z dźwi, a obiad prosze koło pierwszej, dobrze?

Uszykowała jej Handzia jak było umówione: kartofli, do tego kapusty kiszonej z cybulo pokrajano i olejem. Ale słonko przeszło na druge strone sokora, obiadowa pora mineła, uczycielki nima i nima, wszystko ostygło. Aż przylatuje!

Akurat Handzia spuszczała do ładyszki mleko z cyckow: Co pani robi! przestraszyła sie i patrzy jak urzeczona.

Mleko spuszczam, bo cycki bolo, mówi Handzia.

I co z nim potem?

At, cielakowi bedzie.

Ona stoi, stoi, nie mówi, nie rusza sie, patrzy, jak Handzia sie nagniata. To ono nawet nie dzieciom, pyta sie w końcu.

Dzieciam nie można, bo znowuś płakalib nocami. Niech pani rozdziewa sie, jeść zaraz podam, już to kończe.

Trzy dniu później Ziutek posed do tej szkoły!

Nie było jego prawie do obiadu. Ja polana rąbał i co raz naglądał, czy nie idzie.

Pokazał sie na drodze z Jurczakowymi dziećmi: staneli w koło i oglądajo coś pilnie, o coś sprzeczajo sie, rozpychajo. Wołam mojego.

Idzie, a taki ważny jakby kiełbase jad abo masło widział, Handzianymi klompami postukuje po zmarzlinie, poły serdaka rozwiane, nadęty jak wójt. No, no! Siekiere wstromiam w pieniek, wołam tego wojta, niech pokaże, co ma.

Podaje książke. Przeglądam, litery i litery, literow jak mrowia, aj ponawypisywali tego! A między literami obrazki: dziewczynka z psem, domek, kogut. Lalka. Jabłoń. A wszystko prawdziwe. Nawet woz narysowali: na wozie furman, w hołoblach konik bardzo zgrabny, tyle że w hołoblach bez dugi, za Surażem tak jeżdżo, na szlachcie. I duży budynek, okna rzędami jedne nad drugimi, dołem auto jedzie, jak te co na Boże Ciało kure rozjechało w Surażu. Ale w Surażu domy tylko z jednym piętrem.

Podaje Ziutek kajet, mówi: Zeszyt. Kajet, poprawiam. Nie, zeszyt, upiera sie.

Zeszyt? U Grzegora było to kajet, ołówkiem zapisywał w tym, kiedy krowy bydłowali, świni lochali sie, prosili, Domin podśmiewali, że pewno dzieci robi tym ołówkiem, bo bez skutku.

Taki sobie graniasty patyczek, prosty jak strzała. Zaostrzony. Kolor zielony, literki na nim białe. Przyjemny w oglądaniu, przyjemny w trzymaniu.

Ładny, mówie, ładna rzecz, miastowa. Oni w chfabrykach ładnie robio, niejeden stolarz tak nie zrobi. To pisać tym bedziesz?

Aha!

Toż ty nie umiesz!

Pani mówiła, że za zime nauczy.

Za zime? Zdziwiło mnie, że tak prędko smurgiel bedzie uczony. Jak to za zime?

Mówiła, że za zime. I smurgiel po zeszycie niby pisze, wodzi po linijkach, ale tępo strono. Daje mnie zeszyt i ołowek: Napiszcie, tatu.

Nie możno psuć kajeta.

To po desce.

Szkoda ołówka.

To patykiem, po ziemi.

Spodobało mnie sie, że bede pisał. Biere patyk, walonkiem wygładzam ziemie i pisze. Pisze sobie różne litery, jak Grzegor pisał, okrągłe, kanciaste, rozgałęziane, zawijane, podkręcywane, z kropkami, kreskami, krzyżykami. A smurgiel sie patrzy z góry, aż głowo kręci, że tak prętko ja pisze. To walonkiem wygładzam jeszcze kawał gumna i pisze litery jeszcze bardziej rozgałęzione.

A co tu napisane, pyta sie.

On sie pyta, co tu napisane! Ho ho! Tu jest dużo napisane, same ważne rzeczy tu napisane, byle czego sie nie pisze. Pisanie to nie gadanie.

Tu jest napisane, opowiadam z wysoka, patykiem pokazuje chłopcewi, napisane tak: Niech bedzie pochwalony Jezus Hrystus. Nazywam sie Kaźmierz Bartosiewicz. Tato nazywajo sie Józef. Żonka nazywa sie Hanna!

Smurgiel dopomina sie, co o nim napisane.

Czekaj, mówie, napiszem coś i o tobie. Aha! Moj pierwszy syn nazywa sie Józef, tak samo jak dziadko. Ten syn Józef jest bardzo leniwy, nie chce pomagać.

Nie, tatu, nie, przestraszył sie, tu napisane, że ja robotny! Czy ja polanow nie nosze? Nie pódkładam do piecy? Czy nie grabie siana, nie żniwuje?

I w bek!

Widze, chłopiec przestraszył sie bardzo, że kiepsko o nim napisane. Nu już dobrze, dobrze, pocieszam, napiszem tak: Ziutek to dobry chłopiec, posłuszny, do roboty chętny, ale za łakomy! Wszystko by zjad!

Oj, nie, nie! Niełakomy ja, niełakomy!

Boi sie, widze, a niech sie trochu poboi, bardzo dobrze, bedzie lepszy. Tylko że on już prawie płacze, no no, że tak to sie boi pisanego! A, starczy strachu, pochwale: czytam ja, że chłopiec z niego dobry, wszystko zje, czy to kraszone, czy z postem. Ucieszył sie, pyta sie, co tu napisane o naszej kobyle.

Siwka jest bardzo dobra kobyła, nie narowista, czytam.

A wy co robicie! słyszym. To Handzia, cicho z tyłu zaszła, że i nie zobaczylim, po polanka przyszła: Co ty Kaziuk czarujesz!

Tato nas opisali, mówi chłopiec. Handzia oczy na mnie wyraczyła: Aboż ty pisać umiesz?

To Ziutek tłómaczy, że wszystko tu opisane! On, dziadko, mama, Siwka.

Ona obchodzi wkoło moje litery, przygląda się, o, innymi oczami teraz na mnie popatruje. Naprawde? Ja tu opisana?

Ja?

A rowki na ziemi trochu już przyschli i stracili wygląd, to walonkiem wygładzam nowe pleche zmarzniętego i dalej pisze, litery ido mnie teraz bardzo prętko, a rozgałęzione jak raki, jak kwiatki, jak pajenczyny.

No no? I co tu napisane? ciekawi sie Handzia.

Nic nie mówie, na razie sie pisze, nie czyta, Grzegor nie gadał, jak pisał. Aż jak napisał, odstawiał kajet na całe ręke i czytał. Przeczytawszy, pisał dalej. To i ja pisze, pisze. Jak sie zapisało całe gładzizne, tłumacze im, żeby wiedzieli:

Krowy nazywajo sie Raba i Mećka. Suka Muszka. Dzieci młodsze Stasia i Władzio, Jadzia umarła. Zimy so zimne, lata gorące. W rzece so ryby. W lesie brzozy. Słońce wschodzi i zachodzi.

Ojej, wschodzi i zachodzi! dziwi sie Handzia. Patrzajcie no, wszystko prawda!

Tatu, a niech tato przeczytajo z książki, prosi smurgiel i książke daje.

Jeszcze raz przeglądam: dziewczynka, pies, domek, koń z wozem, auto. Czemu nie, mógłby ja im poczytać o tym aucie, co w Surażu kure rozjechało. Ale jakoś nie wypada, litery te jakieś takie nie moje, w rządkach.

Z tej książki nie umiem czytać, mówie im, to inaksze litery, szkolne.

Handzia bierze pooglądać: przekłada kartke po kartce, o, takie makatke wyhaftuje! Pokazuje nam bardzo ładny obrazek: dziewczynka w środku, tato i mama trzymajo za ręce, z boku piesek skacze.

Wyhaftujcie, wyhaftujcie, mamo! cieszy sie chłopiec i pód spodem litery pokazuje. Ale z tymi literami! Z literami.

A pewnie że z literami! mowi Handzia i za polana się bierze. Nabrała brzemie, poszli.

Na obiad uczycielka zachodziła krótko, prętko jadła, leciała, i nie było jej do późna, przychodziła, jak dzieci już spali, ja też nieraz pod pierzyno leżał, tylko Handzia czekała, żeb podać jej mleko. Ona wypije po cichu, a umywszy sie, abo książke czyta, abo spać idzie, prawde powiedziawszy, to sie z nio prawie nie gadało. I tak wszystkie dni mijali, kromie nidzieli.

Już w pierwsze nidziele zygarek nie zadzwonił, spała i spała, nie wstydziwszy sie słonka, dawno było po śniadaniu, Handzia dzieci pomyła, koszuli nam pomieniała, przymiotła, ja cielaka napoiwszy, ogolił sie, umył i siedział na stołku koło popielnika, tatko po swojemu na zamiecie kości podgrzewali, ot, gadało sie półciszkiem o tym dziadu, co u Grzegorychi zadomowił sie całkiem, śpi tam, żyje, pomaga w robocie.

Handzia rozsiadła sie na łożku: wyczesawszy sobie włosy, zaplotszy w czepek, dzieci iska, to tego, to tamtego, bo cisno sie z głowami, wiadomo, iskanie.

Aż pod obiad dźwi brzdęk, ona wchodzi: w nogawicach w paski i w paski kaftanie, a widać, że na gołe ciało odziana, nawet bez stanika, czubki cycków sie zaznaczajo, i siada przy tatku na murku, rozespana, leniwa, oczy mruży, rękami sie po twarzy maże, poziewuje.

A co to pani Handzia takiego ładnego śpiewała rano, pyta sie. Bardzo ładne, jakoś tak. I nuci, jak. Handzia dziwi sie: Ach, to nie wie pani? Zaacznijcie wargi nasze chwalić panne świętooo! Zacznijcie opowiadać cześć jej niepojentooo! Toż to godzinki.

Wyobraźcie sobie, opowiada ona, troche sie ocknęłam i słyszę to śpiewanie, myślę, co to, radjo? Ale zobaczyłam sufit i domyśliłam sie, gdzie jestem. Przecież tu nie ma radja! Tak, bardzo ładnie pani śpiewała.

A Handzia ciągnie dalej: Przybądź nam miłościwa pani kupomocyyy, a wyrwij nas spoteżnych nieprzyjaciół mocyyy! A ty sie nie kręć, sztorcuje Stasie, że głowe z podołka wykręca: Chcesz patrzać na panie, to siadaj i patrzaj. Abo patrzanie, abo iskanie!

Stasia na nowo wciska mordke w brzuch, Władziowi odepchnąć sie nie daje. A Handzia włoski szybko palcami rozdziela i co tylko wesz znajdzie, to pstryk paznokciami, pstryk! rozdusza, oj dzieci lubio to strasznie. I nie tylko dzieci.

I ja w podłogę patrzywszy, od czasu do czasu spoglądawszy na uczycielke, takie rozespane, leniwe, rozczochrane, poczuł ochotę, żeby jo iskać. Niechby położyła głowe mnie na kolana, ech! Cycki sie wpierajo między moje nogi, twarz w pachwiny, a ja wpuszczam palcy w te kręcące sie włosy i rozgarniam ich w ścieżeczke, w białe, a może niebieskawe, ciekawe jaka skóra, ech, rozgarniam włosy i popatruje, czy na tej ścieżeczce wesz nie przycupnęła. A jakże, znajduje weszke, ale oho, to nie żadne czarne wszysko, ale weszka delikatna jak serwetka, bieluśka, pazurki ma jak frędzelki. I te weszke biore między paznogci i pstryk! weszka pęka, krew pryska jak mgiełka, perfuma, a ona aż sie wciska mocniej z przyjemności, aż nie dycha. A ja smyk smyk palcami, szukam nowej żywioły.

A dokąd do kościoła chodzicie, pyta sie ona.

Opowiadamy, że prawie nie chodzim. Ot, czasem na pasterke, w Gody, czasem i na Wielkanoc, jak lody utrzymajo. Bo po wodzie nie dojechać. A Pana Boga możno chwalić i w stodole, mówio tato, kiedyś ludzi całkiem nie umieli pacierzow, a pobożnie żyli. Aż im czort księdza nasłał, nu i dowiedzieli sie, co to grzech, co pacierz i zaczeli sie kościoły, procesji, ołtarzy. Handzia ich ofuknęła: Co wy, księdzow z czortami mieszacie?

Oj, czego krzyczysz, ja ot, tak sobie, aby tego, a ty wrr, wrr! Mowie, co kiedyś siwy Orel opowiadał.

A pani chce do kościoła i sie martwi, że daleko? domyśla sie Handzia: To może pani z nami rożaniec zmowi? Cało rodzino mowim, jak w kościele. Co?

Ona na to, że dobrze, zmowi z nami.

Stasie wyiskawszy, bierze Handzia na kolana Władzia. A ja widze, że ten kaftan i te nogawicy na pewno odziane na gołe ciało, klapki rozchylili sie i dużo skóry widać, a nawet miejsce, gdzie zaczynajo sie cycki, ta rozpadlinka. A kolana tak rozstawiła, że nic tylko głowe położyć, niechby ona iskała. I już widze, jak głowa moja leży u niej w podołku, w pachwiny wciśnięta, a ona mnie iska białymi palcami. A palcy cienkie i sprytne, wślizgujo sie we włosy, przemykajo sie jak wenże, a takie czujne, że same, bez patrzenia namacajo każde wesz. Bo i nie so to jakieś tam weszki gnidki, weszki pyłki, ale każda duża, tłusta, orelska: wesz gęś, wesz krowa!

A jak take stonoge weźmie ona między paznokietki, to ho ho, trzask taki, jak z purchawki pięto strzelić, a krew to jej pół palcow zalewa! I znowuś palcy smyk smyk: strupa znajdo zeschniętego, złuszczo. Kłoska, wyskubio. Nowe wesz, rozduszo. Ech, Handzia dobrze iska, ale uczycielki iskanie, to musi być iskanie!

A wy dziadku, ile lat macie, pyta sie ona. Siedymdziesiąt?

E, więcej! chwalo sie tato: Nie rachuje, ale po paznogciach widze, że więcej, w nogi powrastali. Sta nimam, bo sie śmierć mnie jeszcze nie kłaniała: jak człowiek sta dożywa, śmierć przychodzi, kłania sie i pyta: brać was, czy chcecie żyć dalej? Bo nad takim śmierć już władzy nima, taki może żyć, ile chce, ona przyjdzie tylko, jak on jo zawoła.

E tam, bajki bajecie, na to Handzia, nikt nie może wiedzieć, kiedy umrze. A tato:

Ale kiedyś ludzi wiedzieli wszystko o swojej śmierci, kiedy umrzo, dzie, jak. Aż raz Pambóg szed, a za dziada był przybrany i widzi, człowiek łata płot słomo! Zdziwił sie Pambóg: czemu ty nie łatasz płota łozino, Jak Bóg Przykazał, pyta sie, toż tobie słoma raz dwa zgnije! A ten człowiek mowi tak: A co ja mam za łozo chodzić, jak ja i tak w druge środe bekne. Zezłościł sie Pambóg: O, nie, bekniesz czy nie bekniesz, ale gównianej roboty ja nie lubie. I zrobił tak, że ludzi nie wiedzo, kiedy umrzo, i pracujo sprawiedliwie. Tak. A panienki ociec matka żyjo?

Żyjo.

Urzendniki?

Nie bardzo. Ojciec kierowco jest, no, szoferem. Autobusem jeździ.

I nie boi sie?

Nie. A mama w fabryce pracuje, w tkalni.

No, no? I co tam tkajo w tej tkalni?

Materiały na ubrania i sukienki.

Ale to maszynami?

Oczywiście.

Oczywiście? Ho, ho! Ważnych ojca matke panienka ma, pańska rodzina. Oczywiście! To krow nie trzymacie?

Nie mamy ziemi.

A, to już teraz wiadomo, czemu panienka taka cienka w sobie. To niechaj u nas je dużo kartoflow, to sie rozbendzie. A w mieście był ja kiedyś na Jana. Straszny targ, jak dziesięć suraskich. Miastowe żuliki obcieli mnie wtedy chwosta.

Nie wam, tylko waszej kobyle, poprawia Handzia.

Toż mowie, obcieli chwosta mojej kobyle. A czy w tem białym kościele ta większa wieża już dobudowana?

Nie, jest jak było, tylko ta mniejsza.

O, i ona strasznie wysoka! Gadajo, że jak z niej wyskoczyć, to sie leci już nie na ziemie, ale do nieba! A podobno dzieś koło stacji jest takie miejsce, że dołem jado pociągi, góro samochody, czyż to prawda?

Tak, wjadukt koło dworca.

Dołem pociągi, góro samochody! słyszysz Handzia? A tego człowieka, co chodzi w czapce z dzwoneczkami, zna?

Znam, znam. Ma dzwoneczki na czapce i woła: komu terpentyny! Komu terpentyny!

To ten! Gadajo, że on bardzo uczony i od nauki sfiksował, prawda?

Tego nie wiem.

To może i Natośnikowego Stacha zna, pyta sie Handzia, on też w Białymstoku. Nie zna? W budce stoi, piwo sprzedaje?

Chyba nie znam, budek w mieście dużo.

E, jego to na pewno zna: ma dwa złote zęby na przedzie.

Nie przypominam sobie.

Mieszkanie ma takie, że opowiadajo, woda sama leci. Pan teras z niego, w kapelusie chodzi. A do Taplarow całkiem nie zagląda. Żenił sie i nikogo, nawet matki nie zaprosił. Wyrodził sie.

Pogadawszy, dzieci wyiskawszy, Handzia do garkow sie bierze. W jednym ciepła woda czeka, w drugim kapusta i zacierka pod przykrywko. Z komorki przynosi miske z masłem, bo sie w subote zbiło w tłuczce trochu śmietany. Uczycielka umyła sie, odziała, a pojadszy chce iść do Dunaja, ale Handzia przypomina, że w te pore wszędzie po chatach rożaniec mówio: niechaj odczeka, póki zmówio, abo jak chce, z nami klęka.

Jak rożaniec, to rożaniec. Wołam Ziutka z drogi, bo buszował z rówieśnikami: krążek kaczali jedne przeciw drugim, kto kogo przetoczy, a po grudzie daleko sie toczy, dobrze podskakuje. I klękamy. Handzia piersza, na przedzie, z rożańcem w palcach, dzieci za nio, tato przy piecy, ja koło okna, uczycielka trochu z boku, koło popielnika, dzie ja przedtem siedział: na stołku łokciami sie podperła, popatruje w węgli.

Handzia zaczyna: Ojcze nasz, któryś jest w niebiesiech.

Dołączamy sie. Ojczenasz kończym, wchodzim w Zdrowaś, ze Zdrowaś w Wierze w Boga Ojca, z Wierze w Dziesięcioro Przykazań. A potem już zdrowaś idzie za zdrowaś, Handzia każde słowo wyraźnie księdzuje, my za nio poburkujem, pojękujem: dziesiątke odliczy na rożańcu, puszcza ostatni paciorek, mówi: Chwała ojcu, synowi, duchowi świentemu, a my: Jak Było Na Początku, Teraz i Zawsze i Na Wieki Wiekow, Amen.

I znowuś ojcze nasz i zdrowaśki zaczyna, jakby nowy dziesiątek stawiać zaczynała: zdrowaś do zdrowaś, jak snopek do snopka, chwało ojcu przykryć i zaczynać nowy. Abo jakby sie trawe kosiło: zdrowaśkami pociachać, pociachać, potem chwało ojcu kose po-ostrzyć i zaczynać nowy przekos.

W chacie nidzielnie, ale i na dworze inaczej niż co dnia: nidzielne powietrze zawsze jaśniejsze, łyskliwsze. Gumna cichsze, bo żywinie lepiej dano, nie ryczy, stodoły odpoczywajo od cepa. Wrony śpio sobie na sokorach, a obudziwszy sie leco pomalej, ciężej. Zaj1cy śmielej chodzo w ozimine, kicajo bezpieczniej, parami sie zmawiajo, abo i całemi familjami, kuropatwy suno bróznami pod same chaty i stodoły, mało sie bojo, musi wiedzo, że w chatach rożaniec sie odprawia. Nidziela, święto. Choćby ja dniow nie liczył, dajmy na to niech mnie kto raptem zbudzi: od razu poznam, czy budzień, czy święto. Po czym, nie wiem. Ręce i nogi same wiedzo, że dziś robić nie bedo. Ogień w piecu ładniej pali sie. Kapusta słonino pachnie. Krowy senniejsze, kobyła przymilniejsza, świni nie takie nachalne. Nie mówiwszy o kurach, które w święta dłużej śpio, o kotach, że dłużej sie myjo, o babach, że od rana podśpiewujo przy piecach. Uczycielka pare cieńszych polankow na węgli cicho położyła i sie przygląda, jak sie palo, brode łokciami podperła, pomrukuje z nami. Handzia zmęczyła się klęczyć na wyprost, na pięty sie obsuwa. Ziutek kręci sie, chciałby prędzej odmawiać, naciska, ale cóż jego głosik przy Handzinym, tatowym, moim. A spokojnie mówim, nie pomału, ale i nieprędko. Jakby szło sie za bronami, za pługiem: za prętko niedobrze, za pomału niedobrze, najlepiej w sam raz.

Tak do litanii doszlim. Ucichli my, Handzia sama:
Kirelejson, Krystelejson, kirelejson!
Kryste usłysznas, Kryste wysłuchajnas!
Ojczezniebaboże!
A my jednym głosem: Zmiłuj sie nadnami!
Synu Odkupicieluświata Boże.

Zmiłujsie nadnami!
Duchu Święty Boże.
Zmiłuj sie nadnami!
Święta Trójco jedyny Boże.
Zmiłujsie nadnami, odpowiadamy po raz ostatni, teraz odpowiemy co innego. Ona mówi: Święta Marjo, a my:
Módsiezanami!
Święta Boża Rodzicielko.
Módsiezanami!
Święta Panno nad Pannami.
Módsiezanami!
Uczycielka rozmodliła się, na łokciach sie wozi, w przód, w tył. Matko niepokalana, mówi Handzia, a uczycielka odgina sie do tyłu, i zaraz wprzód sie kłoniwszy: Mód siezanami!
Matko nienaruszona.
Módsiezanami!
I tak kiwa sie, tam i nazad, tam i nazad, rozmodlona, w węgli zapatrzona. Jakby belke piłowała, stojawszy ná wierzchu, na kobyłkach: to puszcza piłe do dołu, to ciągnie do góry, tam. I nazad. Tam. I nazad. Jakby żyto siała: to odwodzi rękę, to posiewa. Tak samo i kosi sie: odwodzisz kose w prawo i ciach w lewo rękami, tam i nazad, tam i nazad: tam trawa chórem jękne, nazad kosa pusto syczy. Handzia do nas: Panno roztropna! my do Handzi: Módsiezanami! Do nas: Panno czcigodna, od nas: Módsiezanami, wte i wefte, tam i nazad, o, każda robota z tego tam i nazad, siekiero polana, grabiami siano, sierpem żyto, za pługiem tam i nazad, na pole i z pola, na pole i z pola, tam i nazad, tam i nazad: rozkiwasz sie i ręce, nogi, plecy same robio, same kiwajo sie raz za razem, z lewa na prawo, z dołu do góry, wte i wefte, tam i nazad, tam i nazad i robota sama sie robi.

Ja zreszto każde robote lubie, byle było bez nadążania za kimś. Żeby było tak: zechce usiąść, siadam. Zechce jabko zjeść, jem. Zechce nogi pomoczyć, mocze. Handzia prawie śpiewa: Różo duchowna! My prawie śpiewamy: Módsiezanami! Wieżo Dawidowa! Módsiezanami! Wieżo z kości słoniowej. Módsiezanami! kiwa sie uczycielka jak na czółnie i nie mowi już, a odśpiewuję Handzi, no, no, nie myślał ja, ze bedzie taka pobożna, jak stare baby w kościele sie rozkiwała, już i w ogień nie patrzy: oczy zapluszczyła i kiwa sie po babsku tam i nazad, tam i nazad. A jak doszło do Baranku Boży Który Gładzisz Grzechi Świata, to już całkiem jak Dominicha sie rozkiwała: Przepuść Nam Panie, mowi i głowo do stołka sie zgina. Baranku Boży, Który Gładzisz Grzechi Świata, zaczyna Handzia, a my: Wysłuchaj Nas Panie, i kułakami w deke i sie kłonim. A najniżej uczycielka.

A jak Handzia Pod Twoje Obrone zaśpiewała, to kiwała się ona z zapluszczonymi oczami, jakby głowo coś w powietrzu rysowała.

Odmówiwszy Anioł Pański wstalim, zdrętwiałe kolana poluzować, i co widzim: ona jeszcze ze zdrowaśke przeklęczała, zaczem sie przeckneła! Aż usiadła przed ogniem i kruczkiem w węglach grzebie, grzebie. I taka zamyślona siedzi.

Widze, że pani też lubi modlić sie, mówi Handzia, o, ładnie pani sie modliła. Bardzo ładnie, chwalo tato.

Bo ja to lubie pomodlić sie w nidziele, opowiada Handzia. Pomodlić sie długo, nieśpieszkiem. A potem tak dobrze, jakby sie było dzieś w jakiejś świętej krainie, nie?

A tato: Toż sie z Panem Bogiem rozmawiało!

Uczycielka oglądneła sie na mnie i pyta: czemu ja nic nie mówie i raptem wydało sie mnie, że ona mnie lubi, bardzo dobrym głosem spytała sie. Dobrym, ale i żałosnawym, jakby prosiła: A dopuścicie mnie wendrownika zjeść z wami wigilje? I patrzy, jakby prosiła, żeby my jo lubili, ja, Handzia, dzieci, tatko.

A może pan Kazik niezadowolony, że ja do was na kwatere sie wcisnęłam, pyta sie ona.

Handzia za mnie gada, że zadowolony, zadowolony, tylko że taki Niegadalski. Ech, dobrze, dobrze posiedzić sobie w taki święty czas, wzdycha.

A w niebie to tak jest zawsze: nidziela bez końca, cieszo sie tatko, szczęśliwe, że już im do tej nidzieli wiecznej niedaleko. Tylko skąd oni pewne, że nie bedzie trzeba dzieindziej wstąpić, Nie Daj Boże. Wzdychnąwszy Handzia wstaje, chfartuchem sie opasuje, kartofli w ceberku siekać świniam bedzie. Uczycielka w ogniu grzebie, a zadumana!

W węglach grzebie, dumki snuje. Aż przyznaje sie, że tak tu z nami dobrze, że aż nie chce sie jej iść do tej szkoły.

Handzia pod boki sie bierze nad ceberkiem: A pewnie! Niechaj pani rzuci te szkołe, na co nam ona? A i pani szkoda! Wydamy panie za jakiego kawalera, bedzie dzieci rodziła, świni karmiła, toż pojętna, raz dwa nauczy się obrządku!

A ona: A to zechciałby mnie kto?

Oho, już tu niejeden zza firanki za panio świdruje! Nu to jak? Powiedzieć Dominowi? Zaraz posypio sie rajki, że tylko z miotło stać!

Kiedy ja posagu nimam.

E, niejużby tam czegoś tato mama nie dali?

Tylko że panienka za cienka, skrabio sie w łych tato: Za przeproszeniem, panienko tylko lufty w piecach czyścić. Ja tam by takiej cienkiej nie brał. A ona śmieje sie, śmieje sie z czegoś, nie wiadomo z czego, z kogo, ale chyba nie z nas. A Handzia podpytuje: Ale ale! Nie wierze, żeby tam pani nimiała w mieście narzeczonego! Na pewno jakiś doktor abo urzędnik, postawny, w okularach, z brzuszkiem? A?

O nie, ja nie chcę z brzuszkiem!

A czemu? Mężczyźnie z brzuszkiem ładnie! Od razu widać, że pan.

Ale pan Kazik, widzę, niezbyt brzuchaty.

Bo jaki tam pan z niego? Chłop! krzywi sic Handzia.

A tato zaraz dajo zagadke: co takiego chłop wyrzuca na ziemie, a pan nosi w kieszeniu?

Ona myśli, nie wie. Tato chwalo sie: A kozy, hehehe! Chłop smarka na ziemie, a panowie kłado w szmatce do kieszenia!

I tak ploto, gadajo, tatko z przypiecy, uczycielka spod popielnika, Handzia znad ceberka. Nasiekawszy kartoflow, zasypała ich otrębami, zalała pomyjami i wodo. Trochu zaraz w sieniach nalała do korytka i zawołała kury, reszte poniosła do chlewa. Uczycielka sie dziwi, czemu my kury trzymamy w sieniach, ona pierszy raz widzi coś takiego. To tłómaczym, że blisko przy ludziach, pożywio sie, zawsze im coś kapnie, to kartofla, to okruszki.

Handzia wrociła, obtupała nogi z gnoju i cielakowi szykuje mleko z zasypko. Przepraszam, mowi uczycielka, i spod pieca na dzieci patrzy, na Stasie i Władka, jak kotłujo sie w pierzynie, nogi zadzierajo gołe, bo w sukienkach jeszcze, ciągajo sie, przewracajo: Mnie ciekawi, mówi, kto ich przyjmował przy połogu? Babka?

Oczy spuszczamy, bo pytanie nie za delikatne. Na co jej o takie rzeczy sie pytać, niezamężnej dziewczynie?

Nie, mowi Handzia, nie babka.

No i chyba nie doktor?

A na coż doktor?

To kto?

Handzia mnie pokazuje głowo, że ja, a ona aż odkręca się od pieca: Pan, panie Kazimierzu? Pan? Wszystkich czterech, chwali Handzia. A ja biere ceberek i ciele poje. A kątek zagrodzony drabino, żeby nie wyłaziło z słomy na chate.

I pan potrafił? dopytuje sie ona jeszcze, pan sie na tym zna?

Toż chodzi sie koło żywiny, ja na to, toż i świni rodzo i krowy i kobyły, owieczki. I żeb sie odczepiła od tej sprawy, mówie o cielaku: Nu, zdaje sie nizadługo bedzie możno wyprowadzić już jego z chaty. Już on mocny.

A ciele z ceberka siorbie, oczy przypluszcza jak narzeczona, a tak jemu dobrze, że od razu w słome popuszcza. Uczycielka marszczy sie, rozgląda sie po chacie dokładnie, jakby świdrem badała i głowo kręci. Jak w buszu, mówi, całkiem jak w buszu, ech, niedziela niedzielą, a szkoła szkołą, wzdycha i wstaje od popielnika.

Tak sie między nami ułożyło, że po szkole Ziutek wstępował najpierw do stodoły, opowiadał, co było: ja, usiadszy na przystronku, papierosa pale, słucham. A czasem zamykali my dźwi i szli pód ściane, tam jaśniało ze szczelubinow między dylami. Rozkładali my na paku, na deskach, książke, zeszyt, papiery i pisali. Ktoś z boku pomyślałby, że ojciec syna głupiego doucza, a było naodwrot: Ziutek mnie uczył. I tak to po kryjomu nauczył sie ja pisać, a, be, ce, ale nijak nie mog pojąć, co to za As, Ala. Chłopiec mnie tołkuje, że As to pies, taki jak nasza Muszka. A ja patrze, patrze na te litery i nijak nie moge zobaczyć tego psa. Jedna litera duża, szeroka, druga za nio mała jak haczyk. To ma być pies? Ty gadaj, że stog a przy nim krzaczek, uwierze. Abo że koń, za nim pług, może uwierze. Że krowa, a za nio cielak!

Pies wygląda tak, mówie i rysuje coś w podobie naszej Muszki, Dunajowego Kruczka czy Mazurow Burka: głowa z uszami, wierzch, brzuch, cztery nogi, chwost zakręcony. Tak samo sprzeczalim sie o sad: dzie ty masz tu jabłonki, wiśni, gruszki? Sadek to sadek! I rysuje jemu drzewka z gruszkami, jabkami.

Aż przyłapał nas na tej szkole dziad od Grzegorychi: zaszed do stodoły reszoto pożyczyć, zmłociny miał czyścić, bo wiater od dźwiow wiał, najlepszy.

Pytam sie, czy dużo namłocił, mówi, że ze dwie kopy bedzie.

To widze niezabardzo wam idzie?

Ano, jeszcze wprawia sie człowiek. Za zime zmłóce.

O, to myślicie zimować w Taplarach? To może i posiejecie wdowie? A o przystępach czasem nie myślicie? U wdowy chleb gotowy.

A zechciałaby?

A czy to wam brakuje czego? Chłop z was widać silny nie tylko do cepa!

Odziany był nie po dziadosku: w Grzegorowych walonkach i nogawicach, w jego czapce i kożuszku, gruby, silny, nie wyglądał już na takiego, co rękę wyciągał. Przyglądam sie jemu i coś mnie nyje, że skądś jego znam, twarz znajoma i to mocno. Ale skąd, skąd znajoma!

A jak tam Grzegor, nie przychodzi? Nie boicie sie? podpytuje jego. I co słysze? Że nie przychodzi i nie przychodził! Jakże nie przychodził, kiedy ja sam słyszał, prawie widział, jak młoci!

On na to, że Grzegorycha młociła! Nie chciała pomocy prosić, sama probowała, tyle że odziewała sie w mężowe nogawicy i pewnie stąd gadanie, że niby Grzegora nad cepem widzieli. Nieprawda, zdawało im sie.

Ależ sama Grzegorycha sie przyznała.

Gadała, bo gadała, on na to. Ot, przyśniło sie kobiecie, sama w chacie, bez chłopa. Wy widze jeszcze nie wiecie, ile człowiekowi wydawać sie może! A jeszcze noco.

Ale zobaczył książke i papiery na desce: O, widze w stodole szkołe macie! I kartke bierze, ogląda, czyta, i pyta sie, kto pisał, chłopiec mówi, że tato i wstyd mnie sie robi, że sie wydało.

A on pisze coś na kartce, napisawszy pokazuje: czy przeczytam. Ale dzietam, literow a literow, jedna za drugo, splątane.

On mówi, że to jego imie i naźwisko. Ale nie czyta, tylko prętko zamazuje i pisze drugie słowo i czyta: Taplary!

Taplary? Przyglądam sie temu, co wyrysował, papier oczami drapie i nie moge, nie moge choroba wypatrzeć Taplarow, dzie tu Taplary, czemu Taplary, jak to zaczarowane, że jest wioska, a jej nie widze!

To i mnie napiszcie, prosze jego: Bartosiewicz Kaźmierz! On raz dwa pisze i pokazuje: kołeczka, kreseczki, litera za litero, a wszystko razem to ja? Jak to sie zrobiło? Które z tych kulaskow moimi walonkami, które oczami, uszami, dzie nogi, dzie czapka? Przekręcam kartke w te i nazad, do spodu i w bok i nic, nic nie widze! Aż ręce drżo, bo nie wiadomo: zdusić to? porwać? zjeść?

Ale dziad tłómaczy, jak czytać: pisze litery s, a, d, najpierw oddzielnie, potem razem i nakazuje mówić głośno. Mówie sad, sad, sad, ale, jej Bohu, nic nie widze. Teraz zamknij oczy, nakazuje, i przedstaw sobie jabłonki, gruszki, wiśni koło chaty. Widzisz? A teraz gadaj głośno: sad, sad, sad, sad! A teraz odemknij oczy i patrzaj, co napisane!

I prawdziwie: litery literami, ale pod literami, nad literami zobaczył ja gruszki, jabłonki i moje złamane wiśnie! I zaraz sad Dunajow, sad Maciejkow, wszystkie sadki przy drodze.

Gruby chwali, ogłasza, że umięm już czytać: teraz pójdzie samo, jak z górki!

Na uczonego ten człowiek wyglądał, aż dziwne, że z torbami przyszed: Toż wy by mogli urzędnikiem być, wojtem, mówie jemu, ale on macha ręko: Najbardziej to bym gospodarzył, do gospodarstwa mnie ciągnie. I patrzy sie po ścianie, a na kołkach wiszo cep, reszota, duga, lejcy, zgrzebło, widła, grabi. Pożyczywszy reszoto, poszed zmłociny przesiewać.

Ziutek różne dziwy przynosił ze szkoły, nie tylko literami sie zajmywali. Raz mówi, że ziemia nie jest jedna na świecie, takich światow jak nasz strasznie dużo, jak gruszkow na gruszy, byle gwiazdka z nieba większa jest od ziemi, a maleńka się wydaje, bo daleko. A ziemia to okrągła jest, jak głowa!

Co ty, mówie, okrągła? Jakże okrągła, kiedy sam widzisz, że nieokrągła!

Ale pani mowi, że okrągła. Tylko że człowiek maleńki i nie widzi, że tam dalej to sie ziemia zagina.

E, co ty! Sie było za rzeko, nic tam sie nie zagina. I nic nie mówio, że dzie dalej sie zagina.

Ale pani mowi, że wesz na głowie też nie wie, że głowa okrągła, lezie i myśli, że po płaskim lezie. Pani mowi, że jakby człowiek szed prosto i szed, to do żadnego końca świata nie dojdzie, tylko przyjdzie wkoło na to miejsce, skąd wyszed. Tak samo wesz, jakby szła prosto, to przejdzie o, tak: z czubka głowy, koło ucha, pod brodo, do drugiego ucha i znowuś na czubku siedzi.

Ale ale, mówie, toż by sie tam pod spodem człowiek urwał i poleciał!

Tak samo spytał sie Kaziuk Dunajow. A pani na to: a wesz urwie sie? A mucha z sufitu?

E, bajdy, mucha co innego. Toż człowiek pazurow nima!

Ale pani opowiadała, że zna człowieka, co tak ziemie wkoło objechał jak wesz głowe i pod spodem nie zleciał i na stare miejsce wrócił.

O, choroba! I żyje?

Żyje. No, to już pójde. Do widzenia.

Tak powiedział: dowidzenia! A co on, urzędnik? Co on, stary męszczyzna? Dowidzenia? Może dzie wyjeżdża, do wojska, na służbe, do więzienia? Dowidzenia! powiedział, nogo noge przybił, sie skłonił czapke zdjąwszy, odyjść chce.

A chodźno tu, mówie, widać rozpuściło jego, że swojego ojca pisać uczy, za mądrzejszego ma sie, czy co? Biore smurgla za ucho niezamocno: Ty widze szutki stroisz, a?

Jakie dowidzenia? Dzie dowidzenia! Tu bratku, tobie nie miejsce na śmieszki! Zapamiętaj: szkoła szkoło, ale śmieszkow z tatka to ty stroić nie bedziesz!

Buntuje sie, wyrywa, pani tak uczyła, krzyczy, ja pani powiem! Powiem!

Kręciwszy ucho, ucze smurgla, co to ojciec i że nie bedzie mnie swojo panio straszył. Aha, i żeby ty ani słówka nie pisnoł, co my tu w stodole robim. A to dla pamienci! Zgioł ja srala na kolano, przyklepnoł ze dwa razy, ale jakoś beku nie słysze, co to? Przyklepnoł ja mocniej, oho, widać zacioł się smurgiel. To jeszcze raz. Jeszcze raz. I jeszcze. Aż wrzasnoł. Nu, jak wrzasnoł, nie zapomni.

Na trzy dni przed świętami uczycielka wyjechała: zabrała sie z Kramarem, a jechał do sklepu po gaz, mączkę, zapałki na hendel, sklep koło stacji, w Strabli, dużo drogi, i to kopnej, bo śniegu nawaliło po kolana: wyjechali wcześnie, ledwo dniało, wrzuciła na sani waliske i torbe, szmatami nogi pnobkręcywali i przepadli w białym polu.

W chacie zrobiło sie bez niej pusto, przestronno, tym bardziej że i cielak przeszed do chlewa, za specjalne przegródke, żeb krowie mleka nie podbierał, żłob sie tam jemu wstawiło oddzielny z delikatniejszym jedzeniem.

W Wigilje Handzia napiekła pierogow z pytlowej mąki, cztery bóchenki, skore pomazała żółtkiem z mączko, pozapiekało sie, a wyjeła z piecy, aj, jak zapachniało! Pierogi napieczone na święta, a na Wigilje uszykowała barszczu grzybowego, grzybow z cybulo, zalewajki z suszonych gruszkow, kuci i połamańcow z makiem. Po wieczerzy mycie było w balei, szorowanie dzieci takie, że rozparzone, maku najedzone, w świeże pościel położone pozasynali od razu. I my z tatem sie pomyli, poodziewali czyste koszuli, gaci, niedzielne spodni i marynarki, a budzienne odzienie i kożuchi nasze i dzieciow wrzuciła Handzia do piecy, żeb sie wszy wyparzyli, póki piec gorąca po pierogach. Potem poszli tatko do Michałow posiedzieć pogadać z drugim synem, synowo, drugimi wnukami. Ja siano spod obrusa wziąwszy, krowom niose.

A na dworze święto, zorki wyroili sie na niebie tysiącami, skrzo sie, śnieg bieluśki, strzechi bieluśkie, zmierzch nie szary, ale sinawy, tylko okna żółciejo, i cichutko jest, cichuteńko, mięciutko, czasem pies zaszczeka, ale niegłośno i bez złości, ach, co za wieczór święty, noc prześwięta, Dzieciątko sie Rodzi, Chwała na Wysokościach, pokoj na ziemi, radość wszelkiego stworzenia i zgoda: tej nocy zajączek swoje głowe na wilczym boku kładzie, jastrząb kuropatwe pazurami głaska, pies kota liże, krowy ludzkim głosem gadajo o gospodarzach. Na palcach, żeb śnieg nie piszczał, podszed ja pod dźwi: a nuż i moja Raba z Mećko rozmawiajo? Posłuchał ja, ale nic, żadnego głosu, tylko postękiwanie. A podścieliło sie im na święta bogato, leżo w słomie jak w pierzynach, leżo, żujo i postękujo, z sytości: Mećka stęknie, Raba odstęknie, oho, czy oni gadać nie probujo? Mnie zobaczywszy, łby do dźwiow obracajo: widzo, że gospodarz przyszed, siano wilijne przynios, wstajo, a jakże, siano z ręki skubio nabożnie jak opłatek, po trawce, po dwie. Jedz, Raba, jedz, mówie, za rogami drapie, szyje gładze: jedz, ale pilnuj sie, bydlaczku, żeby więcej takich fokusow nie było, jak z tym cielakiem.

Nu i karmie jeszcze mojego wyrodka, niech zje wilijnej strawy, bedzie i pewniejszy. A ładnie rośnie, żadnej skazy nima, wesolutki, rozbrykany, tyle że do Siwki częściej sie łasi niż do Raby, o matce całkiem zapomniał, ech, różne dziwy dziejo sie na świecie, nie obejmiesz ich rozumem.

Reszte siana do żłobu kłade i dźwi zamknowszy odchodze, ale na niby: zaraz cichutko wracam, może teraz, po opłatku, bedo gadać?

Nie, postękujo tylko, siano żujo.

Święta świętami, na kolędach zeszli, gadaniu, jedzeniu. Ziutek z szopko latał. Herody, jak co roku zaszli, śmiechu narobili, podwędzili pół pieroga, ale tak trzeba, jak pamięcio pamiętam, zawsze tak samo dokazywali, to samo przedstawiali: każdy w wiosce, kromie małych dzieci, wie na pamięć, co robi i wygłasza Herod, co Śmierć, Anioł, Żyd, Koza, Cudzoziemiec, ludzi każde słowo, każdy krok pamiętajo i ni zmylić sie, ni przejnaczyć nie dajo. I dziwne: choć sie umie przedstawienie co do słowa, jakoś tak jest, że nie nudziejo nikomu Herody, za rok znowuś czeka sie, żeb gadali, skakali, dokazywali.

Gody jak Gody, ale Bogaty Wieczor, ten przed Nowym Rokiem, był wesoły. Wyszedł ja pilnować gumna, żeby chłopcy czego nie wyfiglowali. Akurat w pore, bo sypali słome od Jozika Dunajow do Mani Bartoszkowej: sypali grubo, całego okołota nie pożałowali, oj, póki sie zadepczo te słomki pogadajo sobie ludzi, pogadajo, już sie młode nie wybronio przed wiosko: bedzie musiał Jozik iść do niej z rajkami.

Akurat kończyli sypać. A skończywszy rozglądajo sie, co robić dalej. Pódchodze ciszkiem, słysze, zmawiajo sie zamazać okna uczycielki glino z popiołem.

Jej zamażecie, a ja bede czyścił? mówie raptem, aż podskoczyli. I podmawiam, że Michałowi wartoby co zrobić.

Zatkać dymnik sianem, doradza któryś i wszystkie w śmiech! wiedzo że u mnie i Michała dymnik jeden: u niego dym by sie kotłował, to i u mnie.

Sobie to ja nie bede zatykał, mówie.

To może woza wciągnąć na stodołe, podradza drugi i znowuś śmiech, bo wiadomo, że woz też mamy spolny.

Skończyło sie na tym, że woz wyprowadzili my ze stodoły Kozakowi, rozebrali na kawałki i po kawałku wciągnęli na dach: tutaj poskładali i stanoł woz na stodole, na koźlinach, z hołoblami zadertymi do góry! Tylko konia brakowało. To zamiast konia postawili my pomiędzy hołobli kulik słomy.

A dymnik zatkalim Dominowi.

Dalej czarnym Litwinom założylim słomo drzwi: całe sterte ułożylim gomlami na sztorc. A dźwi u nich odmykajo sie nie do sieniow, tylko na dwor!

Mazurowi co to ja zawiązalim od nadworza drzwi lejcami: żeby wyjść z chaty, Nowy Rok zacząć, bedzie musiał dubeltowe zimowe okna wyjmować! Szymonowi Kuśtykowi oparlim o drzwi ciężki kloc: rano, jak naciśnie zamyczke, nachylony kloc zwali sie do sieni, na łeb Szymonowi, może i po kuśtyku haknie. Dalej poszli beze mnie, do Mazurowych dziewcząt poszli, przebierać sie: chłopcy za cyganki, wysztukujo sobie cycki i zady z siana, podkraszo burakiem policzki, słomiane kosy pozaplatajo i spod chustkow wypuszczo, nałożo sukienki do piętow. A dziewczęta boty z cholewkami obujo, nogawki wpuszczo i poodziewajo kawalerskie marynarki, i czapki na bakier, i wąsy podomalowujo węglem i ech, cyganow bedo udawać, pójdo po chatach z ręki wróżyć, z wody, czarować dymem, o dzieci sie targować, podpytywać ojcow, matki dzie ich syny córki z domu pogineli, i przyśpiewywać, i tańcować, a i myszkować za plecami, z garkow wyjadać: tego wieczora wszystko dozwolone, wszystkie żarty. A potem tygodniami bedzie sie zgadywało, która była tym cycatym cyganiukiem, jakaż to pleczysta cyganka łokciem cegłe z pieca u Dunaja wywaliła, miesiącami bedzie sie opowiadało, jak Mazur co to ja oknem wyłaził z chaty, Kuśtyk guza złapał, a Kozak zjeżdżał wozem ze stodoły, i wyglądać sie bedzie wesela Bartoszanki z Jozikiem.

Dzień po Nowym Roku Dunaj wysłali na stacje Natośnika. Wyjechał rano, a nie wracał i nie wracał, bojelim sie już z Handzio, czy uczycielka nie ostała sie w mieście na zawsze. A może ich wilki przestąpili? Ale przyjechała, tyle że noco, podobno pociong spóźnił sie: miał być przed obiad, a przyszed wieczorem. Z saniow wyładowali my ze dwa worki książkow, wielkie okrągłe gule, worek jakichś brzękotkow i waliske. Uczycielka nogi przymroziła i trzeba było ich śniegiem nacierać, Handzia nacierała: Ale choć bolało, ona żartowała, pytała sie, jak święta przeszli, Handzi dała na prezent sześć talerzow z widelcami i nożami, dzieci pobudzili sie, dostali po cukierku, smoktali i sie przyglądali spod pierzyny, tatko dostali latarke, takie że jak pstryknąć świeciła: bawili sie, zapalali, gasili, zapalali i wypytywali o miasto. Handzia uszykowała mleka z pierogiem, specjalnie dla niej zostawionym, w chacie powęselało.

Sześć talerzow i sześć łyszkow, nożow i widelcow sprezentowała Handzi uczycielka, ale czy kto wiedzieć mog, co dalej bedzie? Wydawało sie, że oni ni do czego, ot, do leżenia na policy i Handzi do chwalenia sie przed babami. Aż tu w nidziele staje uczycielka przy piecy za gospodynie, Handzia tylko ognia pilnuje i donosi jej: to wode, to cybule, to jajka, a ona coś szykuje, jedzenie jakieś niezwyczajne. Gotowali w trzech sagankach: w jednym jakiś barszcz czy krupnik, w drugim kartofli, oskrobane, w trzecim buraki sterte na miazge. Jak sie im ta miazga ugotowała, sagany zdjeli i zaczeło sie najgorsze: postawili patelnie, a co na tej patelni?

Kawał kumpiaka, taki że kapuste możno by na nim gotować przez pół miesiąca, pokroiła ona w plastry! Te plastry obstukała na desce polankiem i zaczęła smażyć. A smalcu to rzucała bez miary, jakby błotem chlapała, a nie sadłem topionym! Smażywszy nałupiła cybuli i cybulo mięso obłożyła, prawda, strasznie skwierczało, pachniało, Handzia dzieci odganiała, bo całkiem zgłupieli, leźli do piecy jak muchi w mleko, tato zastygli na murku, patrzyli babom na ręce i postękiwali: O Kirelejson, cybula! Omatkoboska, jajko! aż z tego wszystkiego rożaniec wyjeli i dawaj modlić sie oczy zapluszczywszy, tylko dychajo, zapachi łykajo. A mnie serce boli patrzyć, na język ciśnie sie jedno: czy wy baby w Boga nie wierzycie? tyle dobra na raz marnować! A może my dziś parszuka zakłuli i temu tyle smażenia, bo świeżyny dużo? Może dziś kłusty czwartek? Nie, cholera, toż wiem dobrze, że dziś nidziela, a do czwartku i do Popielca z pięć tygodni jeszcze! A parszuka to my kłuli po kopaniu, parszuczka niedużego, jak on ma do postu wystarczyć, to po kostce trzeba brać, po troszku. A tu masz! Że uczycielka sie szasta, pojąć moge, ale Handzia, czemu ona miary nima!

W głos powiedzieć nie wypada, trochu wstyd przed uczycielko. Ale tylko wyszła Handzia do komorki, ide za nio: Co tobie, babo, ty chcesz wszystko zmarnować na jeden raz, pytam sie złapawszy jo pod boki i trzęse, trzęse nio po ciemku: Czy ty kobieto rozum za stodoło zgubiła! Uch, walnełoby sie babe kułakiem, ale nie wale, rozbeczy sie jeszcze i ściągnie uczycielke. Trzęse, ale żonke opętało: puść, źli sie, puszczaj, ona czeka na mąke!

Co wyrabiacie, szalone!

Zaraz sprobujesz, zobaczysz! chwali sie ona bez wstydu brydu. I wyrywa sie, ucieka.

Uczycielka nożem stoł oskrobuje, zeskrobuje czarne, co sie ułoiło od kapania z łyżkow i miskow. Oskrobuje, myje z popiołem i decha bieleje jak nowa! I zaraz talerki rozstawia, sześć, przy każdym kładzie łyżke, noż, widelec. Do talerkow nalewa tego krupniku i odgarnąwszy czub z czoła pod boki sie bierze, zaprasza: Prosze bardzo, siadajmy, pierwsze danie zupa jarzynowa. Handzia napędza: Nu, siadajmo, Kaziuk, dzieci, tatu, siadajmo, sprobujem, jak w mieście jedzo.

Napędza, bo jakoś nikt sie do tych talerkow i nożow nie rwie, choć każdemu kiszki myczo, tyle smakow i zapachow w chacie krąży. Patrze ja na sześć talerkow, sześć widelcow, nożow, łyżkow, blaszanych, z białym połyskiem, patrze na stoł biały, wyszorowany i widze, że z mojego stołu zrobił sie stoł cudzy, nie moj! Jakże w swojej chacie do cudzego stołu siadać? Oj, czuje, jak złość obejmuje mnie całego, wielka złość mnie w głowie huczy, i strach niemały ręce trzęsie. Sześć talerkow? Każdy sobie bedzie jad? Na co noży? A widelcy? A co zrobio z burakami, z to czerwono mamałygo, jak jeść takie straszne hadztwo? Z kartoflami jo podadzo, czy do mięsa, czy do tej tu, jak to ona mówi, zupy? Czemu obiad nam zepsuli, obiad nidzielny!

Siadajcie, mowi Handzia, sprobujem po paninemu!

A to już niedobrze po naszemu, pytam cicho, a uczycielka pódmawia: Cóż szkodzi sprobować, jakie dzie indziej obyczaje. I na patelni mięso przewraca, dosmaża.

Handzia siada piersza i dzieci siadajo i tato, uczycielka staje za plecami, pewno ciekawa, czy pochwalim te jej zupe.

Posiadali, łyżki wzieli i na mnie czekajo: żadne zacząć jeść nie może, póki ja, gospodarz, łyżki nie umocze.

Trudno, siadać trzeba, siadam przy tym stole cudzym, niby moim a nie moim. Przeżegnać sie trzeba, ale jakżesz żegnać sie, kiedy tu jakieś widelcy, noży błyszczo, a deska bieleje, jakby z niej skóre zderli. Sześć talerkow w rzędach stoi, każdemu talerz i jak to, każdy sobie ma sie żegnać, każdy do swojego talerka? Ręka, co zawsze mnie sama żegnała, cięży teraz jak polano. Probuje przeżegnać sie tym polanem, zaczy nam i nie moge skończyć, nie przeżegnawszy sie biore łyżke, a blaszana ona, zimna, błyszczy.

Niechaj pani siada z nami, zaprasza Handzia, uczycielka dziękuje: dzisiaj raz dla odmiany ona gospodynio.

Bratniewola, zaczerpam ja piersze łyszke, niose, choroba, łyszka niegłęboka, ręka drży, póki ja donios do gęby, pół sie wylało na podłoge i kolana. Druge łyszke zaczerpam, jeszcze gorzej! Trzecie niose, ręka tak skacze, że nic do gęby nie donosze, nie wiem nawet, czy dobra ta zupa, czy niedobra: łyszke na stoł rzucam! I przygarbiwszy sie na moim stołeczku, patrze sie po tych sześciu talerkach, po blaszanych łyszkach, że moje dzieci nimi jedzo, moja żonka, że i moj ojciec łyszko musi sie męczyć. To i tymi widelcami jeść bedo, i tymi nożami te zmarnowane mięso i te miazge? O niedoczekanie twoje, przybłendo ty kusa, łazęgo miastowa, czego ty swojego nosa między nasze miski wpychasz!

Ale już i tato cicho łyszke kłado, już i Handzia i dzieci, na mnie spojrzawszy, jeść przestali. Co sie stało panie Kaźmierzu, pyta sie ona, zdziwiona bardzo, moja zupa wam nie smakuje?

Chce sie powiedzieć: twoja dópa! ale jakoś słowo w zębach dusze, siedze zły, aż w oczach błyska, nie wiem, co zaraz bedzie: może zgarne rękawem te talerczyki, może stołek przewroce, może świsne widelcami w uczycielke!

Jeśli wam zupa nie smakuje, trudno, mówi ona zmartwionym głosem, to może najpierw drugie danie?

Drugie sranie! ryczę i kułakiem łups w stołek, aż te nożyki widelczyki zabrzęczeli i z talerkow sie polało.

Co ty, Kaziuk? pyta sie Handzia i wstaje, a bardziej prosi, niż pyta sie, a ja jak nie hukne: Milcz ty!

Uczycielka zakręciła sie koło komina i stoi cichutko jak trusia. Wtem chfartuch odwiązuje: Ach, zapomniałam, że na trzecią obiecałam być w szkole, mówi cienko, pani Haniu, niech mnie pani zastąpi przy kuchni. I raz dwa swoje kurtke bierze, w biegu sie odziewa i niby śpieszkiem z chaty wychodzi. Tylko jej głowa mignęła za oknem, mówie do żonki:

Stawiaj miche!

Cichutko, wie Handzia, że nie żarty, miske stawia na środku między talerkami.

Zlewaj!

Zlewa ona z talerkow do miski, jeden po drugim, wszystkie sześć, miska duża gliniana, pomieściła, talerki składa jeden w drugi, zabiera. Ale pozostali sie na stołku i błyszczo tamte łyszki, noży, widelczyki.

Won i te pizdrykı! rozkazuje.

Ona ich zabiera, a kładzie łyszki nasze, drewniane. I wybieramy, każdy swoje, moja największa, z trzonkiem trochu wykrzywionym na sęczku. Wzięli łyszki, trzymajo, na mnie patrzo, kiedy łyszke umoczywszy jedzenie zaczne. Zaczne, ale przedtem rozkazuje:

Żegnać sie od nowa!

Żegnajo sie, żegnam sie i ja i łyszke umaczam w tej jej zupie. Smakuje te zupe smakuje i czuje, że może ona i niekiepska, ale nie do jedzenia.

Zabieraj te hadztwo, mówie, syp kartofli!

Nasypała Handzia, całe miche, zaskwarzyła kłuszczem z patelni.

A mięso wrzucisz jutro rano do kapusty, rozkazuje, mięso sie gotuje w kapuście, rozumiesz? A teras rob kwas do kartoflow!

Prędko drugie miske stawia i nalewa z ładyszki zakwaski i zaraz nad misko czosnek nożem drobi. Posoliła, zamieszała, siada do stołu. Pokazuje jej palcem jedne miche, drugie: O, to jest moje i moich dzieciow jedzenie! I zapamiętaj, mówie, palcem groziwszy pod nosem: żeby więcej takiej rozpusty jak dzisiaj nie było! Nu, jemy.

I jemy. Jemy zwyczajnie, po naszemu, jak Pambóg przykazał, jak święty Jozef z Matkobosko i Jezusem jedli: z jednej miski. Jemy i smakuje, i dobre, i jak trzeba! A jak zjedli, obter sie ja rękawem, przeżegnał sie. Posłuchał, jak sie w brzuchu odbija, odkachnoł i kazał Ziutkowi, żeby wody dał: podał cały kubek, ja odchyliwszy głowe w tył, pije, pije dużymi łykami, bo lubie, jak rozgrzane zęby drętwiejo od zimnej wody i szkło na nich pęka i lubie jak chłod rozchodzi sie kiszkami po brzuchu. Potem possawszy z zębow, bo dobre, splunowszy na podłoge, bo lubie, oblizawszy sie, bo trzeba, kłade ręce na kolanach i mówie:

Nie pódziesz więcej Ziutek do szkoły!

Czemu? pisnoł.

Bo ja tak mówie!

A Handzia, cicho jak trusia: Ale ona sie obrazi.

A niechaj obraża sie!

To jak my z nio bedziem żyli?

A może sobie iść od nas Kczortumatiery!

Co ty, Kaziuk? I pieniędzow za kwatere nie żałujesz?

Czortbiery i jej pieniędzy! Niepotrzebne mnie jej pieniędzy. Zapłaciła za dwa miesięcy i co? Leżo.

Leżo. Ale sol wychodzi, mączka, nafta, trzeba kupić!

Na to starczy samych jajkow co ona wyżera.

A trzewiki dla mnie? A kortu tobie na odzienie? A pług?

A dzie to chodzisz, że tobie trzewikow trzeba? Na tancy? Walonki masz? Masz. Drewniaki na zime dzieci majo? Majo. A mnie i stare odzienie dobre.

A pług?

Tylko piętke kupić. Dawniej rosochami orali i rosło, nie tatu? A te talerki i widelcy oddaj jej nazad abo wyrzuć. My nie panowie.

Ale czy nie można było raz sprobować jeść inaczej? Żali się Handzia.

Inaczej? zerwali się tatko: A co to, czy my parszywe jakie, żeb każde z innego koryta jadło? To krowy muszo mieć każda swoj żłob, bo sie nie dopuszczajo. A toż człowiek nie krowa!

Razem żyjem, razem robim, razem jemy! zakończył ja. A ty Ziutek pamiętaj: koniec ze szkoło!

Znowuś Dunaj kluczke posłał od chaty do chaty, że wieczorem zebranie. Tym razem zebranie miało być z uczycielko, bo przywiozła ze świętow jakieś ważne nowiny, udumała, że ogłosi. Wszystkie gospodarze poszli, ja nie poszed, na złość uczycielce, przejrzał już ja całe szczerość jej na wylot. Ładniutka, milutka, cieniutka, panie Kazimierzu, pani Haniu, ludziom sie zdaje, że sama dobroć, sama prawda, a ona swoje robi! Po cichu, ale robi. Dziś podsunie w ręce latarke, co się sama pali, jutro talerki, widelczyki, zupe, a pojutrze te maszyny! Czego wy boicie się elektryczności, mówiła Dominowi, toż bedziecie sobie rodzili sie, żenili, żyli jak żyli, tyle że w chatach bedzie widniej, oczom zdrowiej, rękom lżej. Czego boicie się szosy? Do miasta bedzie bliżej, łatwiej! Odpowiedzieli jej Domin: A beczka jak wyjąć jedne klepke, choćby najcieńsze, czy utrzyma wode? Tak samo bedzie z nami, Taplarami.

Na zebraniu przeczytała uczycielka z gazety, co pisało o bagnie i Taplarach: że za rok woda bedzie spuszczona i zaczno sie mejloracji, układanie szosy i stawianie słupow do elektryczności. I pokazała narysowane w gazecie: u góry było jak jest teraz, Narew ze wszystkimi odnogami i Taplary. A u dołu tak jak bedzie: jedna rzeka koło Zawykow i Suraża, a na bagnie łąki i drogi. Pokazywała też na tym zebraniu duże gule, że niby ziemia tak samo okrągła jak ta gula: sinawe miejsca na niej to morza, zielone ziemia, żółte centki na niej to góry, a sine wężyki rzeki, i pokazała maleńki ogonek, że to Narew, ogonek nie dłuższy niż włosek na ręce. Jakto, pytam sie Domina, cała Narew krotsza od takiego włoska? Toż oreli opowiadajo, że tylko do Tykocina płyno dwa tygodni! A toż rzeka jeszcze dalej płynie, dzieś het pod Kanade! Jakże take rzeke w ogonek przemienić? Wytłómaczyli Domin, że to tylko tak sie przedstawia. A bagna podobno całkiem nie było na tej guli: bo za małe, mówiła ona, a że ludzi to złościło, wzieła i sama postawiła im na guli tej kropeczke.

Podobno znowuś była zajadła sprzeczka między nio a ludziami: ludzi ostro obstawali, że ta mejloracja i elektryczność niepotrzebne, nam dobrze i na bagnie, my przyzwyczajone, na to uczycielka: wy nie chcecie zmiany, ale ludzie koło Bokin chco! Napisali podanie, żeb bagno osuszyć, jeździli, prosili. No i władza wysłuchała ich.

To my napiszmo drugie podanie: żeb nie osuszali, mówie słuchawszy tego, a Domin: A umiesz pisać? Co, uczycielki bedziesz prosił, żeb napisała?

Grzegor napisze, mówie, a Domin, że podług uczycielki żadne pisanie już nie pomoże, bo za późno: już roboty zaczęte. Nie interesowali sie my światem i przegrali z Bokińcami.

Abodajżesz tych Bokińcow, rozkleli sie tatko: Może wybrać sie tam do nich po lodzie, podpalić, powybijać! Nie darować ancychrystom! A Domin: w więzieniach by my zgnili.

To co robić, stryku, pytam sie Domina, radźcie coś, musim bronić sie. A co sołtys na to wszystko? I co słysze. Że Dunaj też nie chco tej mejloracji ni elektryczności, ale jak ludzi dawaj krzyczeć, żeby i szkołe znieść, Dunaj zaczeli szkoły bronić: niechaj dzieci uczo sie, żeb umieli swojego dochodzić! I poprosili uczycielke, żeby coś nam doradziła, na to ona, że im prędzej sie zgodzim na to, co ma być, tym lepiej dla nas, nima co dmuchać przeciw wiatrowi, co ma być, bedzie na pewno.

Tymczasem uczycielka całymi dniami mnie nie oglądała, ja jej. Z rana jak budziła sie, ja dawno był w stodole. Obiadem, jak przychodziła, w stodole. Wieczorem u Domina abo Kuśtyka. Abo już w łóżku. Specjalnie musiała zajść na gumno, żeb spytać, czemu nie puszczam chłopca: Dlaczego pan, panie Kaziku, nie pozwala Ziutkowi uczyć sie?

Akurat ja młocił. Młoce, pościel pomału obchodze, tak kręce, żeby do niej być plecami.

Niech mi pan powie, bardzo proszę, dlaczego pan nie puszcza syna do szkoły, piłuje ona.

Bo nie trzeba, mówie wreszcie.

Ależ on ledwo sylabizuje!

Starczy!

Ale co się stało, panie Kazimierzu? Za co pan się na mnie tak zagniewał?

Nic nie mówie, młoce. Niech mnie ona nie panuje, kaźmieruje, kazikuje, wiem ja, co sie szczerzy pod to jej dobrocio. Prawda, szkoda jej trochu, po głosie słysze, że rozżalona bardzo, zbiedzona. Nu, pewnie, jak jej połowa dzieciow przepadła, za tydzień, dwa sama ostanie sie w klasie, najwyżej z Dunajakami, Kramarukami, to nic dziwnego, że nie chodzi roześmiana.

Proszę mi powiedzieć, co się stało, błaga, może ktoś was namawia? Czy nie ten włóczęga?

Ja nic, młocił i młoce, plecami do niej. Widzi ona, że jak do ściany gada: postojała, postojała i poszła do chaty, przygarbiona z żałości. Może i dobre ma serce, ale co z tego, na co wciska sie nieproszona, taka nie wiadomo skąd i czego, łazęguje zamiast żyć jak ludzi żyjo, tam dzie sie rodziła. Z litości tylko jeszcze nie wygonił ja jej na dwor, trochu wstyd człowieka ze swojej chaty wypychać, gość sam, jak sumienie ma, powinien wiedzieć, kiedy jego nie chco. A wszystko przez te zebranie, po zebraniu pół wioski nie puściło dzieciow do szkoły, drugie pół ważyło sprawe. Koło półpościa szkoła opuściała, pięciu Dunajaków ostało sie uczycielce i Kramaruki. Probowała po chatach chodzić z sołtysem, namawiać, ale bez żadnego skutku. Szymon Kuśtyk nie wpuścili ich za próg, Dunaja obezwali od judaszow, a dziewczyne od kózytkow, konopielkow. Kozytko straszy sie dzieci, żeby żyta nie deptali: że w życie siedzi kózytka, taka pokutnica, młoda, goła, włosy długie, rozpuszczone, chuda, cienka, z ostrymi cyckami. Takiego co żyto klekcze kózytka łapie i tymi cyckami łachocze: z początku nie bronisz się, śmiejesz się od łachotania, a ona ciebie łachocze, łachocze bez litości, śmiejesz się coraz straszniej i na koniec umierasz od śmiechu. I tak samo konopielka, tyle że ta jeszcze cieńsza i pilnuje nie żyta, ale konopiow, lnu, warzywow.

Nu i szkoła ustała za tydzień. Z tydzień przesiedziała uczycielka w domu, tyle wychodziła co do Dunajow, pogadać. Czekała, że sie może co odmieni, a smutna była, jakby jo pobito, tylko z Handzio gadała: nauczyła sie na prątkach robić, uplotła sobie szalik z wełny. Ja chate omijał jak mog, w stodole czy w chlewach siedział z roboto abo i bez roboty, abo szed do ludziow, byleby z nio nie rozmawiać.

Aż raz szła od Dunajow i wyszed na droge Filip Pierdun: szed za nio blisko jak przez chate i trąbił po swojemu. Co ona stanie, on stanie: stoi i trąbi. Ona coś powie, on odtrąbi. Ona idzie do niego, on odstępuje, trąbić nie przestaje! Te co to widzieli, nie dali rady opowiadać, na same wspomnienie kładli sie ze śmiechu. Tak odprowadził jo pod nasze chate. Weszła i zaras rozbeczała sie, ślozy puściła, nawet Handzi nie przyznała sie od czego. Płakawszy, poskładała szmaty do plecaka i choć Handzia podobno pocieszała, nie wypuszczała, poszła śniegami na las, w strone stacji. Ktoś nakazał Dunajowi, Dunaj prędko konia założyli i pognali za nio sankami, żeb nie zbłądziła, abo sie nie utopiła dzie na oparzelisku. I tak Filip pomog mnie pozbyć sie tej całej przybłędy miastowej i bardzo dobrze.

W piątek przed Palmowo Nidzielo poszło sie do Dominow posłuchać Gorzkich Żalow: lubie sobie wcisnąć sie dzie w kątek między szmaty, kożuchi, skulić sie, zgarbić, oczy przypluszczyć i roić sobie Męke Pańskie, serce kruszyć, o, tylko niektóre kolędy mogo równiać sie z Gorzkimi Żalami. I może godzinki. Baby już zeszli sie, chata pełna jak na kądzielnik, babskie to przeważnie nabożeństwo, z męszczyznow byli tylko Domin, Kuśtyk i ja. Lampe zawiesili Domin pośrodku na drocie, wykręcili na całego, baby poschodzili sie z roboto: Natośnicha z wituszkami, rozsiedli sie kole pieca i talkowali szpulki, Kozaczycha Jej Bohu z workiem szmatow: derli szmaty na pasma do chodnikow, Szymonicha kołko przynieśli, przędli wełne, drugie baby abo robili na drotach sfetry, szaliki, szkarpiety, abo łatali, abo wyszywali ręczniki na Wielkanoc, w różyczki i koguty. Kuśtyk na progu łatali reszoto końsko chwościno, Dominicha przędli pakule na worki. Tylko Domin przy piecy siedzieli bez roboty i drapali sie po nogach i ja, w kątku przy dźwiach, na ceberkach. Aż ktoś pyta sie, czemuż to Grzegor nie nadchodzi, czas śpiewanie zaczynać, ileż czekać. A czekali, bo miał przyść.

A Domin na to: Obrządził żywine, teras pewno Grzegoryche obrządza!

A Dominicha: Fe, plejto, lapiesz tym językiem w poście jak żydzisko!

A Kuśtyk: Nie obrządza, nie obrządza, toż on nie kiernoz, nie będzie w poście laz do baby.

A Natośnicha: Kiernoz! Bo bez ślubu żyje.

A Dominicha: Toż nie bedzie w poście ślubu brał. Ale zaras po Wielkanocy, Grzegorycha gadała, zaras ponioso na zapowiedź!

Na zapowiedź? No no! Dawaj baby obrabiać nowine: bedzie miała Grzegorycha nowego Grzegora.

Trzeciego!

Trzeci Grzegor!

I wtedy Dominicha mówio, że po prawdzie, to kto on taki? Co za jeden? Przybłęda, ale zdaje sie, że jakby znajomy. Jakby znajomy, ale bijcie, zabijcie, nie moge przypomnieć skąd, kto, zabyło sie na śmierć. Kuśtyk na to, czy on czasem nie Surażak, że widziało sie jego w Surażu i to nie raz, i coś zdaje sie że w kościele. Jakby do księdza podobny? Ale nie, nie do księdza. Może do biskupa, co był bierzmować? Nie, nie do biskupa. To do kogo? A Domin mówio, że Grzegor na pewno bywał i w Taplarach, ale jakby za kogoś przebrany, kogoś ważnego, pańskiego. I mnie tak samo świdruje coś, że on znajomy. Grzegorychi sie pytało, gada, że sama nie wie: probowała wyciągnąć z niego, czemu z torbami chodził, ale podobno tylko machnie ręko: stare sprawy, mowi, szkoda język zdzierać. To było wiadomo tylko, co było widać, że człowiek z niego zgodny, sąsiedzki, nieleniwy.

Ale skończyło sie gadanie, bo zahuczało w sieniach, słyszym: idzie, śnieg obtupuje. A jakże, czapke zdjoł, powiedział, co trzeba, siada z boku, wyjmuje listewki, nożyk, widze: struga treszczotke na Wielkie

Subote. Nu to Dominicha zaczynajo zza kołka i kądzieli: Gorzkie Żale Przybywajciee, a zaras dołączajo sie baby: Serca nasze przenikajciee, serca nasze przenikajciee! I od razu taka żałość mnie łapie, żałość i nabożeństwo, że nogi drżo, ręce drżo: Rozpłyńcie sie me źrenice, lejcie smutnych łeskrynice, lejcie smutnych łeskrynice! I smutno sie robi, uj jak smutno, oczy mgło zachodzo, żal dusze ściska, serce boleść czuje, gdy słodki Jezu na śmierć sie gotuje, klęczy w ogrojcu, gdy krwawy pot leje me serce mgleje! Już kołko nie furczy, wituszki nie popiskujo: uszy już słyszo co innego, babskie pojękiwanie, oczy widzo Kalwarie, góre spicząste, wysoke, na niej czternaście Stacji Męki Pańskiej, cała Droga Krzyżowa jak w suraskim kościele, mordercy zęby szczerzo, szyderujo, rechoczo, w rękach trzymajo obcęgi, młotki, między nimi święta osoba w cierniowej koronie, twarz umęczona, broda czarna pańska, ach, ubiczowany, cierniami koronowany, Jezu za trzydzieście srebnikow od niewdzięcznika Judasza przedany, Jezu moj kochany! Już na śmierć skazany, krzyż jemu na plecy wpychajo, zaczeła sie droga krzyżowa: Pan Jezus pierwszy raz pod krzyżem upada! I zaras najsmutniejsze: Matke swoje spotyka: Czemusz Matko ukochana, cięszko na sercu stroskana, czemu cała truchlejesz? Co mię pytasz wszystkam w mgłości, mówić nie mogę z żałości, krew me serce zalewa! Aż litościwy Cyrenejczyk krzyż dopomaga nieść. Potem Święta Weronika twarz obciera Jemu z krwi i potu i na płotnie twarz Jezusowa odbija sie jej jak żywa! I jeszcze raz, i jeszcze raz Jezus pod krzyżem pada, droga ciężka, pod góre, na kalwarie. Aż napawojo jego żółcio i stacja jedynasta, najsmutniejsza: do krzyża przybijajo tępymi goździami, oczy bolo patrzyć, straszno, ileż to razy, od małego, co Post, co Gorzkie Żali, ileż razy samemu sie do krzyża przymierzało, ręce nogi na drzewo kładło w strachu, że takiego bolu nie wytrzymajo, a On, On święty, delikatny, wytrzymał! Oby sie serce we łzach rozpływało, że cie moj Jezu sprośnie obrażało, żal mi ach żal mi ciężkich moich złości, dla twej miłości! Pod krzyżem Matka jego stoi, boleje. Ach mnie Matce Boleściwej, pod krzyżem stojąc smutliwej, serce żałość przejmuje! I tak słowo po słowie śpiewanie kończy sie: Dominicha przestajo prząść, klękajo, i my wszystkie klękamy, bijem sie kułakami w piersi: Któryś za nas cierzpiał rany, Jezu Chryste źmiłuj sie nad nami! trzy razy odśpiewawszy żegnamy sie, siadamy, a usiądszy, każde robi swoje robote, tyle że tu tam trochu płakania, wycierania ślozow, ale już wituszki popiskujo, szpulki furczo, ale bez gadania, każdy jeszcze rozpamiętuje krzyż, cierpienie, o śmierci sie myśli, że umrzyć trzeba bedzie, że choroby, nieszczęścia, życie marne, proch z prochu.

Aż Grzegor odzywa sie, że to wszystko przez czorta: przez czorta ludzi Pana Jezusa ukrzyżowali, za czortowo namowo wodke wydumali, chfabryki stawiajo. To przez niego świat zaginie: armaty, rowery, jeroplany tak samo czortowy wymys. A na co to wszystko? Czy to kiepskie życie starodawne? Czyż może być co lepsze jak gospodarzem być, orać, siać, młocić, konia trzymać, krowe! Ach, żeby wrocili sie dawne czasy, krole w koronach, hetmany, wojsko na koniach, dwory, dzwony, odpusty, herody, posty, pobożność. A pamiętacie dawniejsze lata, zimy? Jakie mrozy, jakie śniegi zimo! Jaki żar, ile słońca latem! A co dzisiaj? Zimo odelga za odelgo, śnieg z deszczem, plagi. Lata mokre, pochmurne, słońce zimne, wystyga, pomieszanie sie robi. A Domin na to, że trzeba bedzie dać na msze: niech kto przejedzie sie po wiosce fóro, zbierze ofiare na klebana i organistego, niech msza bedzie z organami. Bieda wisi nad Taplarami, niechaj nas Pambóg chroni od wszystkiego złego, amen.

A Grzegor: Bieda nieszczęście wisi nad całym światem, koniec świata bliski, tak dalej być nie może. Któregoś dnia raptem zatrąbio trąby, ziemia zatrzęsie sie, łuna stanie na niebie i pokaże sie Pan Jezus w chwale: machnie ręko i niebo rozpruje sie na połowy! I wtedy on machnie prawo ręko na sprawiedliwych i pokaże im raj, szczęście wieczne po prawicy. Potem machnie ręko lewo na żydow, antychrystow, złodziejow i pokaże im ogień wieczny!

Opowiada, słuchamy w strachu, aż tu Kuśtyk: Ojezu! i ręko obraz na ścianie pokazujo: widzicie?

Co? Co takiego?

Nie widziecie?

Patrzym, a Szymon spod proga to obraz palcem pokazujo, to Grzegora: na obrazie Święty Pioter wielgi klucz trzyma w obydwóch rękach, klucz do nieba. Przyglądam sie, to na obraz, to na dziada, to na obraz, to na dziada: alesz tak, tak, na pewno! Ta sama twarz, włosy siwe nie siwe, szczoki pomarszczone, po bokach nosa po zmarszczce głębokiej jak broźna! I brwi takie same i oczy! Straszno sie robi, baby wstajo od roboty, każda co ma w ręce łapie, do proga odstępuje.

Co? Co takiego? pyta sie Grzegor, rozgląda sie po nas, po ścianach. Co tak patrzycie? Nu co? Co takiego?

Ale już dźwi brasneli, jedno po drugim odstępujem, tyłem przez prog. Ostańcie z Bogiem mowim, głowy kłonim, wychodzim przez sień, a cicho, a w strachu, jak przez zakrystie!

Całe subote nic tylko gadało sie o Grzegorze. Takich obrazow jak u Domina było w wiosce więcej,

123

Dunaj mieli, Litwin czarny i jeszcze paru, obraźnik kiedyś fóro jeździł, po żniwach, żytem ludzi kupowali, kto Matkeboske, kto Pana Jezusa, a kto Pietra. Nu i masz tobie: taki sam święty między nami żyje! Straszno sie zrobiło, coś wisiało w powietrzu, dobrego abo złego, cudem pachniało przed Wielkanocą! W Palmowe Nidziele jak co roku raniuśko, równo z kogutami chłopcy i kawalerka ruszyli po chatach z łozami, biczować. A jakże, i do nas wpadli, ale ja już przyodział sie, przyobuł, a palmuje sie tylko tych co śpio. Nu i z Handzi i dzieciow pierzyne zerwali i dalejże siekać łozami po nogach, po plecach, sieko, podśpiewujo Palma bije nie zabije, kości łamie nie połamie, pamiętajcie chrześcijanie, że za tydzień zmartwychwstanie! biczujo, a Handzia skacze i wiszczy w łożku, poduszko sie zasłania! Ziutek też oberwał, ale mniej, pożałowali, tatka tylko dla fasonu tkneli po kożuchach, dziadkow sie nie siecze. Pożytek z tego biczowania taki, że kto wypalmowany, całe wiosne lato bedzie budził sie ze słonkiem, wstawał letko.

Palmowanie palmowaniem, ależ obiadem, pieśni sie śpiewało, a za oknami widzim: dwa nowe dziady ido drogo!

A nawet dzieciak poznałby, że to nie dziady, tylko ktoś inny: nawet psy nie szczekali za nimi, jak za dziadami szczekajo. On wysoki był, z czarno brodo, lat pod czterdziestke, pańskiej postawy i pańskiego chodu, choć torbe powiesił, a odzienie poszarpane, brudne, walonki ubłocone do kolanow. Ona też większego rostu niż nasze baby, cieńsza, twarz delikatna, oczy mądre pobożne. Oboje gadali nie po naszemu, po pańsku: byłem, poszedłaś, chodziłambyś, często wstawiali jakieś słowa całkiem niejasne, jakby żydoskie. Zaszli do Grzegorychi i na wioske już nie wyszli! A cóż to za dziady, co nie żebrujo? Cóż to za dziady co ręce, nogi, oczy majo, co po cudzym bagnie ido jak po swoim, ścieżki znajo, nie potopio sie na oparzelach? Dwa dni mijajo, oni z chaty nie wychodzo.

Wypytujem sie Grzegorychi, co to za najazd żebraczego rodu, może klasztor u niej bedzie? Tłómaczy, że nie wygania, bo co tam, jedzo jak pustelniki, byle co, na słomie śpio, a, niech bedo. Grzegor gospodarzy, po świętach da na zapowiedzi, kobieta tkać na krosnach probuje, tylko brodaty siedzi na stołku, dumki duma. Ależ czemu oni pojawili sie w Wielkim Tygodniu? Co to za dziw? Co za cud wisi w powietrzu?

Jak mnie dzieciak umar, wspominam, stanoł Pioter nad kołysko jak święty, ręce podnios i mowie wam: mało cudu nie było! Jeszcze trochu, a wstałob żywe!

Twarz ta sama co na obrazie, mówio Domin, te dwie broźny, od oczow przez twar, to od ślozow, bo płakał zawsze, że Pana Jezusa sie wypar!

Tylko to jedno nie pasuje, mówie, że on jakoś niebardzo pobożny, raz że z babo w jednej chacie żyje bez ślubu. Dwa, że jakiś taki w obejściu sie zwyczajny, niepański.

A Domin: święty Pioter zawsze zwyczajny był, toż z prostego człowieka wyszed, rybaczył!

Ale o brodatym słowa my nie wymówili: ze strachu, ze szczęścia język truchlał! Jakże o Nim gadać, jak On tutaj, koło nas!

Przypomniało sie mnie, co kiedyś dziad gadał: czemu podług dziada sodomagomora robi sie na świecie: Pamiętacie, jak wywodził, że przydałoby sie, żeby On, wiecie Kto, znowuś na ziemie zstąpił i piekło trochu uspokoił? Pamiętacie?

Nu dobrze, pytajo sie Domin, a w takim razie ta kobieta z nimi, kto ona?

Tu Szymona poniosło: Co wy, Domin tego nie wiecie? Nie wiecie, kto Przy Nim żył? Kto Jemu Prząd, Tkał, Jeść Gotował?

Wiem, Kto Jemu Prząd, Tkał, Jeść Gotował, przyznajo sie Domin, wiem dobrze, ale boje sie powiedzieć!

I jak było między nami umówione, w Piątek ruszyli Szymon Kuśtyk z saniami po wiosce, od Mokrych Jurczakow począwszy, zbierać ofiare na msze z organami. I dawali ludzi bogato, nie żałowali, bo wiedzieli, o co idzie: o ratunek dla Taplarow, o bagno, o nasze rodziny. Jechali Szymon zajdami, w obydwóch półkoszkach stali worki i kosze: zajeżdżali Kuśtyk przed chate i zaraz gospodynia abo gospodarz wynosili abo pół kadłuszka żyta, abo czapke jajkow, czy sitko grochu, kawałek słoniny, doniczke maku, sznurek grzybow, torebke suszonych gruszkow. Dominicha dali żywe kure, a Dunaj pół wentroby i saganczyk juszki, bo akurat świnie zakłuli. Tylko Grzegoryche Szymon przepuścili, ona i tak zasłużona, darmo chowa całe trójke. Jeszcze przed zachodem zbiórke zakonczywszy, zajdy w stodole postawiwszy, dary szmatami przed kotami i myszami okrywszy, bo wyjechać mieli rano, zachodzo do mnie Szymon i wiodo do Domina na rade i odzywajo sie tak mniej więcej: Wy nie wiecie pewno Domin, na co Kaziuka ja zawołał. Nu to powiem. Ha, jak ja dziś tak jeździł i jeździł od chaty do chaty, taka myśl mnie naszła: że wy Domin i ty Kaziuk, wy obydwa naznaczone!

Naznaczone? przestraszylim sie obydwa: Przez kogo naznaczone? Do czego?

A tak, naznaczone: ksiądz w kościele o was śpiewa! Nu przypomnijcie: czy ksiądz nie śpiewa Dominus Wobiskum? Czy to nie o was Domin, że wy macie być naszym taplarskim biskupem?

Domin przestraszyli sie: prawdziwie, jakby o mnie, Dominus Wobiskum! Coś tu o mnie jest!

Jest i o Kaziuku, mówio Szymon: Czyż nie śpiewa

sie w kościele Kirelejson? A jak na nich, na Bartoszkow, przezywajo? Nie Kirelejsony?

Domin aż wstali: prawdziwie, Kirelejsony! Nu
i sam Kaziuk, czyż nie podobny do Kirelejsona? Mało gada, dużo myśli: usiądzie, podeprze brode: myśli,
myśli!

A Szymon, smutno: Tylko o mnie nic nima, ech, już
widać taka moja dola kulawa, że ja zawsze na końcu.

Nie, mówie, jest i o was!

Szymon podskoczyli: Jest? O mnie? Nu gadaj!

A czy ksiądz nie śpiewa Sekulase Kulorum? mówie.
Sekulase Kulorum! Czy nie słyszycie: coś tutaj jest
o kulasie! Czy to nie o waszym, stryku?

Szymon prawie rozpłakali sie ze szczęścia:

Patrzajcie, ludzi, i o mnie kulawym Pambóg nie zapomniał! Sekulase Kulorum! A jaż tyle razy słyszał to
w kościele i nic nie wiedział, że o mnie śpiewajo! Patrzajcie: Dominus Wobiskum, Kirelejson i Sekulase
Kulorum? Toż my teraz jak Trzej Królowie!

Nu i co teraz? Usiedzieć nie można było z radości,
chodzili my po chacie, głowami kręcili, dumali, Szymon co raz po kuśtyku sie klepio, klepio. Aż mówio:

Ha! Rano niby powioze ja te dary do Suraża. Ale
wiecie co? Nie pomyśce, że ja boje sie roztopow. Abo
że lenie sie rano wstać. Nie boje sie, nie lenie. Ale wiecie, co radze? Na co nam ofiare Panu Bogu ofiarowywać przez księdzow, jak my sami możem dać!

Jak?

A jak Trzej Królowie dawali! Zaraz bierzem sani
i jedziem do Grzegorychi: sami poprosim świętych
o ratunek! Co wy na to?

E, bez księdza ofiarowywać, kręco głowo Domin,
jakoś nie bardzo.

A na co ksiądz! rozpalili sie Kuśtyk. A na co tyle
drogi?

Żeby to sie wiedziało na pewno, że oni święte, mówie, to możnoby i bez księdza ofiarować.

To ty jeszcze nie wierzysz, że oni święte? Ty, naznaczony? Chodźcie! wstajo Szymon z pieńka i prowadzo na gumno.

Pomogli my Kuśtykowi założyć konia i jedziem o te pare domow dalej, do Grzegorychi.

A zima sie przesilała, najczęściej tak bywa, że zima puszcza w nocy z Piątku na Subote Wielkiego Tygodnia: w Piątek jeszcze mroźno, śnieg, lody, i naraz w Subote ciepło jak w maju, wiaterek mięciuśki, szpaki świergotajo, a kury wrzeszczo jak szalone, nieso sie na święta ojcom chrzestnym matkom chrzestnym, żeby mieli swoim chrześniakom włoczebne, a po cztery jajka daje sie każdemu, Domin i Dunaj po kopie rozdajo, obydwa po tyle samo majo chrześniakow, obydwa równo szanowane. A i chłopcom trzeba jajkow dać, jak przydo pod okna śpiewać Alleluja i Konopielke, ach, co za dzień piękny, wiosna, radość, w pole niedługo, chłopcy odkryjo głowy, a co śmielsze bedo bose, bose stano na ziemi jeszcze niedogrzanej, zime naciskawszy bosymi nogami, żeby prędzej odchodziła, Konopielke zaśpiewajo, o wiośnie, o polu: Ej cieńka leńka w polu konopielka, a jeszcze cieniej sza u ojca coreńka!

I tego Piątku tak samo czuło sie na drodze, że jutro wiosna wybuchnie, kury sie rozkrzyczo, na płotach pierzyny zabielejo, a kto niekto może i dubeltowe okna wyjmie i porozmyka chate na oścież. Radość ma sie zacząć na świecie, a czemuż Taplary majo być smutne? Ach, przypomnimy sie jemu, Zbawcy Świata, żeby i o Taplarach pamiętał, poratował od zagłady!

Zatrzymali Szymon fóre przed samym progiem Grzegorychi, żeb bliżej było nosić dary do komorki, lejcy zawiązali na kołku, straszno sie nam robi, ale nic to: przeżegnawszy sie, wchodzim do sieniow, z sieniow do chaty. Domin na przedzie:

Niech bedzie pochwalony Jezus Hrystus!

Przy samym progu Grzegorycha nad koszem kartofli skrobała i drobiła na piątkowy krupnik. Brodaty siedział na pieńku i do piecy chrost podkładał, kobieta pod lampo krosnami sie bawiła, koło niej pod lampo Pioter chomont w kolanach trzymał, skórzane uściełke przy poduszce zszywał. O, powiedział, popatrzywszy na nas, sąsiedzkie odwiedziny, siadajcie!

Usiedlim na ławie, patrzym na nich. Pioter szyje szczerze, Brodaty pódkłada do piecy, ale na nas popatruje skosa, podparszy sie ręko na kolanie, kobieta tka, ale też spogląda.

A wystarczyło raz spojrzeć, żeby wiedzieć, kto Oni! On, jaki postawny, jaki ważny, oczy jakie czarne i mądre. Niestary, a ileż siwych włosow bieleje w czarnej brodzie, ach, wycierpiał On, wypłakał niemało. Ręce pańskie, figura pańska, spojrzenie pańskie! A ona! Jaka delikatna i dobra! Jaka twarz pobożna. Włosy rozczesane na środku, cienka chustka na szyje sie zsunęła. Jak sprytnie białymi palcami łapie czółenko, puszcza między osnowo, jak zgrabnie płocho wątek przybija. A spokoj jaki od Niej idzie, łaska, dobroć!

Na razie nie zaczynamy sprawy, boim sie tej świętości w chacie, w kościele strach szepotać, a tutaj świętość jeszcze większa. Domin namyślajo sie, już już rozdziawio sie, żeb mowić, ale ciamkno tylko i zacichno. Takie wygadane, wszystkich przegadajo, a tym razem ich zatyka!

Aż szturcham ich w bok. Obterli sie, jabko im zachodziło, zaczeli, żeb łatwiej, to od Grzegorychi:

Ofiare my tu dla was przywieźli od całej wioski! Grzegorycha skrobać przestała, nóż w chfartuch wyciera: Dla nas? To wy nie na msze zbierali?

Na msze, mówio Domin, ale uradzilim, że lepiej będzie od razu przywieść ofiare Temu, Komu ona naznaczona. Fóra stoi pod progiem, bierzcie, Grzegorycha, noście sobie do komorki, Wam Wszystkim na zdrowie! I kłaniajo sie Domin Jemu, Jej i Pietrowi, my tak samo wstajem, i kłonim głowy jak w kościele.

Pioter szyć przestał: dla kogo niby ta ofiara, pyta sie, dla niego? I pokazuje na Brodatego. Kiwamy głowami, że tak.

A za co?

Bo po ratunek my przychodzim!

Do mnie, udaje zdziwionego Brodaty. Do mnie po ratunek? A od czego?

Od zniszczenia i końca świata!

A to koniec świata ma być?

Toż wiecie: bagno spuszczajo!

Aha, bagno. A może tylko straszo?

To już nie straszenie, za dużo znakow było.

Na przykład?

A dajmy na to ciele u Kaziuka? A to że nieboszczko Grzegor straszył? A do tego jeszcze, hm.

I Domin urwali. A Brodaty pyta sie, kto im doradził jego prosić o ratunek. Na to Kuśtyk: Nikt nie doradzał, my sami wiemy, czy to my nie chrześcijanie?

Nie odmawiajcie panie, proszo Domin, nie zostawiajcie nas, wy wszystko możecie! A On wstaje i pyta sie groźno:

Zaraz zaraz! Wy mi lepiej dobrzy ludzie powiedzcie, co wy o mnie wiecie?

I Ona, i Pieter, i Grzegorycha patrzo sie na Domina jakby wystraszone. A Domin podchodzo do Brodatego, pochylajo sie i w ręke chco pocałować jak księdza. On ręke wyrywa: Toż dziad ja, dziad tylko, od kiedy to gospodarz dziada w ręke całuje! A Domin: Święta Magdalena, choć święta, Panu Jezusowi nogi ślozami skrapiała, włosami wycierała, On sam w Wielki Czwartek nogi mył swoim apostołom, a cóż ja, człowiek marny? Nie odmawiajcie nam swojego miłosierdzia, Panie!

Teraz Pioter gadać zaczyna: Ludzie, nie szalejcie, spokojnie pogadajmy. Czy wy ludzie nie bierzecie nas czasem za kogoś innego?

Nie, nie, mówio Szymon, już my dobrze wiemy, kto wy!

Naprzykład że kto? pyta sie Pioter i patrzy groźno. A Szymon pytajo, czy on czasem rybaczeniem nic zajmował sie kiedyś?

Czemu nie, odpowiada, rybaczyło sie trochu.

Aha, to przy sieciach nauczyli sie tak dratwo robić?

Nie tylko. Próbowało sie w życiu, jak to w życiu, wszystkiego: i krawiectwa i szewstwa i ciesielki.

A powiedzcie czemu wy Taplary upodobali?

Czemu Taplary? Bo tu cicho. Spokoj. Wszędzie po świecie strasznie sie wyrabia: fabryki, pociągi, rowery, a u was po dawnemu. Jak sto, jak tysiąc lat temu.

Tysiąc? tknęło mnie: To wy pamiętacie, jak przed tysiącem było?

Toż słyszało sie, czytało, on na to. A Domin:

Jak wam sie podoba w Taplarach, jak wy chcecie żyć z nami po naszemu, to czemu wy nie chcecie pomoc? Toż jak oni nas zniszczo, to i was zniszczo!

A cóż ja moge zrobić, na to Pioter.

Wy? Szymona rozpaliło, ręce złożyli, patrzo znad podłogi błagalnie to na Piotra, to na Nio, to na Niego. Wy? Wy wszystko możecie, a co Wam, Wam tylko powiedzieć słowo, a wiatr ustanie, rzeki popłyno nazad, noc w dzień sie przemieni!

I Kuśtyk klękajo. Domin też, ja za nimi. Zmiłujcie sie, prosim, pomóżcie! Nie odmawiajcie! Nie zostawiajcie samych!

A Pioter bach ręko w chomont: Wy, widze, bierze-cie mnie za kogoś innego. To ja was, prosze, zapamię-tajcie: włoczęga jestem, co sobie nareszcie chate zna-laz, ja chce tu żyć jak człowiek i wy mnie w żadne swoje termedje nie wciągniecie. Zrozumiano?

A Brodaty nas pod pachi łapie, podnosi: Wierzcie mi ludzie, nie mogę wam pomóc, to wszystko trudniej-sze, niż myślicie, a Szymon: Jakto, toż Wam tylko oczy w góre podnieść i Ojca Niebieskiego poprosić, ale Bro-daty głową kręci, z klęczkow zrywa, wypycha, Domin proszo: A wy, Matko, chociaż Wy nas wysłuchajcie! Ona ręce roskłada, a Brodaty za prog mnie wypycha, bez litości, nu to prosze: Pan Jezus krew na krzyżu przelewał, a wy? On na to jak popchnie, ja o prog za-czepiwszy lece w śnieg na morde, koniowi pód nogi, le-że, cały głupi, za co, czemu, co oni za jedne te święte, żal piecze i wstyd, a tu koń w szyje paro dmucha, wszystko pomieszało sie, święte i nieświęte, w sieniach Domin i Szymon kotłujo sie z Brodatym, Matkaboska ich rozdziela, uciekać, uciekać do chaty, tak, zamknąć sie w chacie, dźwi kołkiem podepszyć i siedzić, siedzić po ciemku, głowe rękami ścisnąć!

Z rana nowina: Brodaty i Kobieta noco zgineli, tyl-ko Pioter w chacie ostał. Szymon od chaty do chaty la-tajo, tłómaczo sie przed ludziami, czemu ofiary nie od-dali dla księdza: Poczekajcie, poczekajcie do jutra, jutro Wielkanoc, zobaczycie, on wroci, toż on nie zdrajca, wroci sie i to nie sam, może z swoim woj-skiem, swoimi świętymi, poczekajcie.

Ale Dunaj powiedzieli krótko: Uciekli. Przestraszy-li sie i uciekli.

Czego przestraszyli sie, pytamy.

Tego wam nie powiem, na to Dunaj.

Ale przyszła Wielkanoc i nic: nie wrocili sie święte ni noco, ni pierwszego dnia, ni drugiego, ani trzeciego, oblewanego. W Przewodnie Nidziele przyjechała uczycielka, sama przyszła aż ze Strabli, w gumowych botach przez takie roztopy, a jakim cudem nie zabłądziła, nie utopiła sie, tylko jej i Panu Bogu wiadomo. Zaraz dowiedziała sie od Handzi wszystkiego: Nie może być, kręci głowo, nie do wiary! A Handzia: To niech pani porozmawia z Grzegorycho.

Uczycielka poleciała do niej do chaty, pobyła trochu, ale tylko wróciła sic, zaraz przylatuje za nio Grzegorycha.

Nieprawda, nie uciekli! powiada, a prawie płacze, babsko z Grzegorychi prętkie, jak rozchodzi sie, strach z nio zadzierać. A teraz rozpaliło jo nie na żarty!

Nie uciekli! Tylko noco, jak Dunaj przyśli powiedzieć, że zameldujo na posterunek w Surażu, oni, święte, wstali, obuli sie, odzieli i naradzajo sie, co robić: Idziesz z nami, pytajo sie Pietra. On mówi: Nie, z Helko zostaje, gospodarzem bede.

A Pan Jezus: Znowuś chcesz mnie opuścić?

A Pioter: To wy mnie, Panie, opuszczacie. Zostańcie z nami, bedziem sobie dożywać jak zwyczajne ludzie!

A Pan Jezus: Oni mnie znowuś ukrzyżujo!

A Pioter: Nie bojcie sie, ja was obronie!

A Pan Jezus: Nu dobrze, ale co potem? Ziemie mam orać?

A Pioter: Czemu nie? Ziemie.

A Matkaboska: O tak, synku, tak, i mnie chce się żąć, len pleć, krowy doić, zostańmo sie!

A Pan Jezus: E, jaż nie na to po ziemi chodze, żeby w niej ryć sie, toż ja nie Chłop Jezus, ale Pan Jezus.

A Pioter: To panem doktorem bedziecie, toż umiecie leczyć, uzdrawiać.

A Matkaboska: O tak, doktorem synku, doktorem, a ja przy tobie akuszerko!

Ale Pan Jezus usiad na pieńku i jak to on, głowe renko podper i zadumał sie smutny jak Kirelejson. I taki zamyślony mowi: Całym światem sie trzęsło, narodami, królami, i teraz tu w bagnie siedzieć jak dzik? Nie cudować, nie przemawiać? Czy na to ja krzyż cierpiał?

A Pioter: O, wa! Od tamtego czasu tysiąc tysięcow umierało, straszniej niż wy czy ja: dusili ich, truli, wętroby odbijali, podpalali żywcem: a czy oni co z tego majo? Co z nich tera? Proch! To jak wy, Panie, chcecie być naprawde człowiekiem, to mięż ludźmi zostańcie: pożyjcie po ichniemu, marnie, i umrzyjcie po ichniemu, marnie!

Na to Pan Jezus: Ty, Pioter, jak chcesz, a my, mówi do Matkiboski, nima co wracajmy sie na swoje miejsce.

I jak siedział na pieńku, tak od razu w figurke sie przemienił, kirelejsonika. A Matkaboska, że to żąć chciała, przemieniała sie w równianke z żyta, take, co święco na Wniebowzięcie w kościołach!

Uczycielka słucha rozdziawiona: Czy to Piotr wam opowiada takie przypowieści?

Nie! tupie nogo Grzegorycha: Tak było prawdziwie, na moich oczach!

Brodaty w figurke sie przemienił?

A tak! I Grzegorycha odwija kożuch, spod poły wyjmuje co? Kirelejsonika! O, w te figurke! mówi. A wianek Matkiboski wisi na goździu kole obraza.

Figurka, sprawiedliwie, całkiem jakby brodaty na pieńku siedział, tylko że maleńki i drzewiany: ręko brode podper, duma.

A może oni zapomnieli wziąć to, jak odchodzili? pyta się uczycielka.

Toż mowie, że oni nigdzie nie odeszli! tupie nogo Grzegorycha: Blask w chacie sie zrobił i poprzemieniali sie.

Blask blaskiem, ale czy to nie Pioter wam to wystrugał?

Ręce ma sposobne do wszystkiego, przyznaje Grzegorycha, ale takiej by nie wystrugał. Ta z Przemienienia Pańskiego jest!

Uczycielka to obejrzy figurke, to pochodzi po izdebce. A nie ostąpiłaby mi tego pani na pamiątke z Taplar? pyta sie.

Nie, nie można. Dla mnie to tyż pamiątką, po Nim. To ja zapłace!

Zaciekawiła się Grzegorycha: Pieniędzami? O, nie wypada brać pieniędzow za świętego.

A uczycielka pyta, czy sto złotych wystarczy, kirelejsonika na książkach stawia, portfelik wyjmywa.

Grzegorycha spogląda to na figurke, to na pieniędzy jak uczycielka przelicza.

A, wezme, mówi, na zapowiedzi dajem, bedzie dla ksiendza.

Szkoła ruszyło na nowo, Ziutek dowiedziawszy sie, że pani uczyć bedzie, poleciał nie pytawszy o pozwolenie, tak samo inne dzieci: jedne z chętki do książki, drugie lubiwszy uczycielke, trzecie wykręcawszy sie od roboty, a z wiosno nie braknie jej i dla dzieci. A nie puszczać ich nie wypadało: jakoś tak sie zrobiło, że każdy wstydził sie za Filipa Pierduna, za jego szyderstwo nad uczycielko, i wstyd było za pomyłke ze świętymi. Wyszło na to, że sie do uczycielki odnosiło nawet delikatniej, milej niż zimo, żeb wynadgrodzić, co sie wycierpiała, napłakała z naszej winy.

A jak sie wyszło z zimowej chaty w pole, całkiem inaczej sie na duszy zrobiło, jaśniej, letczej. Zasiał ja owies, groch, nawoził gnoju pod kartofli, zaorał. Pód koniec kwietnia poszlim z Ziutkiem na kurhan kartofli z jamy wybierać. Zdjoł ja rydlem ziemie, odrzucił słome, dobrał sie do kartofli, dawaj ich koszem na wierzch wywalać. Chłopiec siedzi na workach i przebiera bulwe po bulwie, na trzy kupki: mniejsze do sadzenia, większe do domu, zgniłe na bok. Zrzucam ja kożuch, bo zgrzało, w koszuli robie. Wywaliwszy z pół jamy, wyłaże oddychnąć, zakurzyć. Ćmie i patrze sobie z góry po polach: na ludzi na płoskach, jak gnoj roztrząsajo, zaorujo, siejo, bronujo. Na mogiłkach ptaszki świszczo, w brzozach parzo sie. A rzeka błyszczy, aż oczy bolo. Na błotkach kaczeńcy żółciejo. Między rzeczko a krzywo rzeko krowy łażo, trawa jeszcze słaba, to przeciągajo sie, brujo, bydłujo, a Filip leniuchuje, psa sztuczkow uczy, dobrze ma: póki rzeczka nie wyschnie, krowy chodzo mięż wodami jak w zagrodzie, nie przepływajo, bo woda za zimna.

Na wioske patrze: wróbli hurmami latajo z jesiona na jesion. Na sokorze bocianica klekocze, szyje wykręciwszy, a boćko raz za razem patyk w dziobie z lasu niesie, gniazdo podszykowuje. Drogo dzieci sie ganiajo, w krece sie bawio, w pikra, ściża, kaczora, krasnepałeczke. Ładnie, letko i dobrze, powietrze błyszczy prawie jak w nidziele.

A ona czego was teraz uczy, pytam sie małego.

Jakie bywajo zawody, mówi.

Zawody?

Co kto robi, co krawcy, szewcy, co stolarze.

To fachi, poprawiam, fachi nie zawody. A o jakich gadała?

Ślusarz: robi rzeczy z żelaza.

Jak z żelaza, to kowal!

Kowal bez maszynow. A ślusarz ma maszyny, że strugajo żelazo jak heblem.

E, i ty w to wszystko wierzysz?

Toż pani opowiada!

A może ta wasza pani łże?

Ona dobra, ona nie łże. A żeby wy posłuchali tego radja, co pani przywiozła dla Dunaja. Dawała nam posłuchać, jak gra!

Ten drot co Dunaj powiesił nad chato?

Ale to nie drot gra! Nakłada sie takie klapki na uszy i słychać: grajo, gadajo, śpiewajo! Jak żywe! Dunajaki całymi dniami słuchajo!

E, każdy drot brzęczy.

Nic, to nie drot, pani mowi, że to też elektryczność.

Ech, ta elektryczność, przypomniało sie mnie zebranie, tamto gadanie iżyniera o maszynach, wójt, przypowieść o koniu: na stare chwoje patrze, a jakże, stoi ona, rosochaty jełowiec koło niej. A tu rydel przy nogach leży! .

Przebieraj tu kartofli, ja zaraz bede nazad, mowie małemu, i wstaje, i z rydlem ide.

Ide po kurhanie, wierzchem, stare dziewanny trzeszczo pod nogami, ide coraz prędzej, bo ciągnie. Mijam mogiłki, ide pod chwoje, wrony z niej zlatujo, uciekajo. Staje pod staro chwojo, zadzieram głowe, czy co jeszcze na niej nie siedzi: nie, niczego nima, tylko chwoja szumi, ale ledwo, bo wiatru nima, i niestraszno, dzień, jasno, tylko co obiad minoł.

Pod jełowcem czapka moja leży, ale jaka! Zapleśniała przez zime, poszmaciała! Ruszam jo rydlem: nic! Przewracam: pleszka trawy sie odkrywa, zapóźnionej, białej. Brać te czapke, nie brać? Biore za kozerek: jakaś hadka! fe! Odrzucam jo na bok, w dziewanny!

Staje pod jełowcem i rydel stawiam na ziemie i strachu nie czuje! Niestraszno! Tylko ciekawość, strachu prawie nima.

Naciskam nogo, rydel wstromił sie do rąbka, czekam chwilke: nic! Odrzucam piach na bok, drugi
sztych: znowu nic! I trzeci sztych, i nic, nigdzie nic sie
nie odzywa. Tylko pot sie leje, czuje mokre na czole,
szyi i pod pachami.

E, teraz już kopie śmiało, prętko!

Piach idzie letko, tylko korzeni przeszkadzajo, to
ich odcinam rydlem jak siekiero, wyrywam i kopie.
Pokazał sie żwir grubszy. Znowuś żółty piaseczek. Potem biały. Już i do pasa w jamie stoje!

Ty bardziej pód jełowiec kop! mówi ktoś, oglądam
sie: Kozak. Bicz ma w ręku. Nu to odważniej ja kopie,
zawsze to śmielej z kimś niż samemu. Korzeniow dużo, tyle że cienkie, toż jełowcowe, najlepsze na koszy-
ki, cienkie i długie. Przecinam, wyrywam, kopie. Już
pod pachy w jamie stoje.

Ty pokop, mówie do Stacha, bedziem mieli konia
na dwóch!

To myślisz, że jest?

Myśle, że nima.

To czemu kopiesz?

Chce wiedzieć na pewno.

Wyłaże, on żegna sie, wskakuje. Kopie, a ja z góry
patrze. Ale już nie sam: już i Natośnik przyszed konia
w polu zostawiwszy, Stach co to ja i Władko co je komose i Jaśko Zębaty i Ziutek przyleciał.

Jakby sie ziemia ruszyła, prętko podaj trzonek, wy-
ciągniem, ostrzegajo Władko Stacha w jamie.

E, studnie sie kopało i strachu nie było, on na to z jamy.

Nie ruszy sie, jak my nie uwalim, mówie i odpycham ludziow od jamy.

A głęboko kopać chcecie, pytajo sie nas ludzi.

A z półtora chłopa, ktoby co głębiej zakopywał.

Nasłuchujem, czy rydel nie zadzwoni, nie żdżęgnie.
Żdżęga, ale o piasek, o żwir: prawdziwego żdżęgu o że-

lazo, o blache nima. Kozak stęka z jamy: Uf, zdaje sie, że ten koń rozgnił!

Zdech i zgnił! śmiejo sie ludzi na wierzchu.

Może dzie poszed pod ziemio na piekielne łąki!

Uważaj Stach, bo do piekła sie dokopiesz!

A ogona tam nie widać?

Za ogon ciągnij!

A może to kobyła! Uważaj, żeb zębow tobie, ha ha ha, nie wypierdziała!

Jak Filip Jadźce!

A zaglądnij w podogonie, złotne ono czy srebne!

A co wy, kurwa, durnego ze mnie robicie! zezłościł się Kozak, trzonek w góre podnosi: Wyciągajcie!

A posiedź! śmiejo sie nad jamo: Tej kiełbasy, co wojt mowił, pojedz sobie!

Mączki weź w kieszeń!

Marmulady!

Ktoś mnie popchnoł do jamy i zwalił sie ja Kozakowi na głowe, on przestraszył sie!

Coś na nas zlatuje mokrego, podskoczylim, odbijamy rękami: czapka! moje stare czapke ktoś rzucił.

Podsadzam ja Kozaka, wyłazi i mnie zaraz wyciąga jak z grobu, a na wierzchu męszczyzny ganiajo sie wkoło jamy, to tego napychajo, to tamtego, obsypujo sie piaskiem, dużajo sie po ziemi, mocujo jak chłopcy za koniami, a wrzasku, a śmiechu! Nas bioro w obroty, mnie i Kozaka, przewracajo, nawalajo sie wielko kupo, jeden na drugiego: szarpiem sie, siłujem, uch, walim kułakami, nogami dźwiergamy, łońskie dziewanny trzeszczo pod nami, ziemia stęka!

Dzień, dwa później, z rana, śniadamy, uczycielka wychodzi z pokoju. Ale nie idzie na dwor: zatrzymuje sie koło proga, stoi, coś chce powiedzieć, nie mówi:

rozgląda sie tu, tam, na kwoktuche w pałubce patrzy. Ileż ona tu siedzi? pyta sie aby pytać: Z tydzień, nie? Już tydzień i jeszcze ze dwa! na to Handzia. Ależ to ma cierpliwość!

Oj wej, na to tatko od miski: kiedyś jak kwoktuchi zabrakło, mama pod pacho parke wylęgli! Ależ to trzeba mieć pache! dziwi sie uczycielka, głowo kręci. Zamyczke naciska, ale pomału. Aha! mówi, udaje że przypomniała: Chciałam panu powinszować, panie Kaziku.

Jemu? zdziwiła sie Handzia. A toż czego?

A tego kopania pod jałowcem.

Kiedy oni nic nie wykopali!

Wiem, że nic. Ale ja winszuję, no, odwagi.

Zatrzymuje ja łyżke w gębie, nasłuchuje. Handzia śmieje sie: A to on niby taki odważny?

Jeśli sie nie bał duchów, co tego konia pilnowały, tłómaczy uczycielka, znaczy, że on już nie bardzo wierzy w czary-mary. Czy nie tak, panie Kaziku?

Zacierke, psiakrew, dawaj, mowie ostro do Handzi, w pole czas!

A tamta wychodzi, do szkoły idzie.

Do pół maja w polu głównie siedziało sie: po owsie zasiało sie len, konopi, posadziło sie kartofli, uszykowało sie zagon pod warzywa, na koniec zasiało sie gryke i nastali dni wolniejsze, koło domu. Handzia nacisneła, żeb szlabanek dzieciom zrobić, pewnie za namowo uczycielki. Prawda, pódrastali, Ziutek piętami po pachach nas szturał. No dobrze, zbił ja z deskow ten szlabanek, pód okno wstawił, wtedy Handzia dawaj pilić, żeby kurom kucze sklecić przy stodole, takie jak u Dunaja. A na co, pytam sie. Żeby lisy mięso mieli? Ona na to, że z sieniow śmierdzi.

Ho ho, jaka pani, już jej kury śmierdzo! To niedługo może i mnie z chaty wyprawisz?

Ale koniec końców zbił ja te kucze przy stodole, żerdki wstawił, stare koszy wyszykował na gniazda. Akurat i Muszka okociła sie, pięć psiakow przywiodła. Wybrał ja jednego z czarnym podniebieniem, sprawdził, czy nie suczka, a cztery zawiązał w stary rękaw i dał dla Ziutka, żeb wrzucił do rzeki. Poszed, ale coś długo nima. Przychodzi: widze, że oczami ziemie zamiata.

Co, nie wrzucił?

Wrzucił, mówi.

Ej, łżesz. Nie wrzucił! Dzie oni?

Chłopiec w bek.

Ty, ty, co ty taki litościowy, mówie, chcesz ty łazęgow nahodować, żeby kury dusili? Dzie oni?

Co zrobił? Za stodoło w słome schował!

Wzioł ja ten żywy rękaw i niose, chłopiec idzie za mno, popłakuje, choroba, miętki syn mnie rośnie. Tłómacze: Taki ty litościwy? Dobra, zobaczym, jak tego jednego bedziesz doglądał, co zostawiony. A co mus utopić, to mus!

I chluś rękaw na rzeke, niech woda odniesie nieboraczkow za wioske: bultneło i po wszystkim.

Ale widze, rzeka jakaś mała! Płycizny sie poodkrywali do dna, wierzby wystajo korzeniami nad wode. Nigdy takiej niskiej wody w maju nie było, czasem, ale i to nie co roku, w żniwa rzeka dużo wysychała! Patrze na małe rzeke, tam jeszcze gorzej, kaczki na piechote mogo jo przechodzić!

Filip, krzycze do pastucha, czy ja dobrze widze? Rzeczka wyschła?

A wyschła, mowi, co roku wysycha.

Ale nie w maju.

Bo wiosna była sucha, macha ręko mnie na odczepne: dzieciami zajęty, w noża z nimi gra.

A jakże, nie pomylił sie ja! Pare dni potem zawurczało na drodze, wylatuje ja ze stodoły: motocykiel bach, bach, bach jedzie, siny dymek wypuszcza, siedzo na nim jakieś dwóch w beretkach, za nimi dzieci czeredo cwałujo! Staneli koło Dunaja: zleźli z maszyny, jakieś skrzynki odczepiajo, wkoło nich zbierajo sie męszczyzny. I ja lece.

Jeden stary, lat z pindziesiąt, drugi ze dwadzieście pare, zuchowaty, rozgadany. Noszo skrzynki do Dunaja.

Ziemlomiery, mówio Domin, bedo nas obmierzać!

Ale jak oni przez Topielko przejechali, pytam sie ja: toż tam błoto pod pachi, a ta maszyna prawie sucha!

Podobno Topielko wyschło, mówio Domin, ech zdaje sie, że bedzie, jak mówili: musi w tych Bokinach już przekopane.

Bagno spłynie?

Teraz, Boże ty moj, teraz zacznie sie! Przepowiadajo Domin: Złodzieje, łazęgi, każda zaraza przylezie suchimi nogami.

Jeszcze tego samego dnia wyszli oni po obiedzie na łąki, Maniek Dunajow woził za nimi taczke z drewnianymi palikami, młody obuchem wbijał te paliki po drodze: koło Dunaja wbił, przy Kuśtykach, koło Litwina co zleciał z dachu, za Grzegorycho i na końcu przed mokrym Jurczakiem. Starszy miał na brzuchu deseczke zaczepione sznurkiem za szyje, na deseczce papier i coś rysował.

Z drogi zeszli na pole i brzegiem, popod łąkami, doszli do brzeziny. Stamtąd skręcili za kurhan, zgineli, aż wieczorem pokazali sie na wierzchu, koło mogiłkow: wetkneli tam długie tyczke z krzyżakiem i drogo, wbijawszy paliki, wrócili sie do Dunaja. Pytam sie wieczorem uczycielki, co też oni zaznaczajo?

Plany robio, tłumaczy ona: Muszo mieć plany wsi, gruntów i bagna.

Żeb podatkami obłożyć!

Tego nie wiem. Wiadomo tylko, że nie można zaczynać ni mejloracji, ni elektryfikacji bez planów. Niech sie pan nie boi, panie Kaziku, nikt nie bedzie pana krzywdził.

Ale w Bokinach przekopane?

I cóż z tego? Więcej łąk będziecie mieli.

Więcej łąk i więcej złodziejstwa, ja na to, wszystkie tałatajstwo zacznie teraz nas plądrować!

A cóż wy tak boicie sie obcych. Ja też obca, a ukradłam co komu?

Pani nie, włączajo sie tatko. Ale inne?

Inni tacy sami.

Tu nie tylko o złodziejstwo idzie, mówio tato.

A czegóż jeszcze tak boicie sie?

A bandyctwo! Czy kiedy u nas kto człowieka zabił? A w miastach mordujo sie co dzień!

Ja za tatem obstaje: Żony mężow rzucajo! W Boga nie wierzo. Z ludziow mydło sie robi! Gospody, kurestwo, sodomagomora!

Ona pociesza: E tam, nie wierzcie, naopowiadano wam strasznych bajek.

A te maszyny? pytam sie: podobno żyto końmi już koszo!

Żyto końmi? dziwujo sie tato: Konia w dośpiałe żyto wpuszczajo? E, to chiba dzie u Niemcow.

Nie u Niemcow! Dunaj widział za Surażem!

E, u nas ludzi na to nie pójdo, przepowiadajo tatko. Uczycielka siedzi smutna, na nas spogląda litościwie. Aż jo Handzia bierze w obrone: czy to pani temu winna? Żeb wszystkie byli takie jak pani, nie byłob strachu.

Ucinam: Tu o pani uczycielce sie nie mówi.

A dlaczego niby inni majo być gorsi ode mnie, pyta sie ona.

Drugiego dnia gieometry chodzili od palika do palika z blaszano taśmo: mierzyli i zapisywali. To samo trzeciego. Tego dnia uczycielka wrociła od Dunajow grubo po zachodzie.

Czwartego wyszli z maszyno: trzy długie nogi miała, na wierzchu pudełko z lornetko.

Stawiali nad każdym palikiem i celowali, nazad i do przodu, na czerwone tyczki w białe paski: trzymali tyczki Dunajowe chłopcy. Młody celował, stary zapisywał i coś podliczał. Tego dnia uczycielka siedziała u Dunajow może do północka.

Piątego dnia też chodzili z maszynko. A wieczorem młody zaszed do nas.

Dobry wieczór, ja do pani Joli, mówi i idzie przez zapiec jak nie przez zapiec, jak nie przez chate, ale przez droge, pole, na nas ani patrzy, sunie prosto w dźwi. Puka, uczycielka odmyka od razu, widać czekała, i już coś gadajo, śmiejo sie za dźwiami.

A u nas zapieco ciemnawo, tyle blasku co od ognia w piecu i od oknow. Zawsze dotąd lampe wziąszy, zostawiała ona drzwi nademknięte, było widno i u nas.

A tato szepoczo: Pewno narzeczony! Nareszcie ma kawalera, a to sama była jak zazula.

A tam śmiechi i gadanie, ona śmieje się, on gada.

Aż sie dźwi odmykajo, prosi ona: Zrób, Handzia, jajecznicy, ale na dwoje, nie pożałuj. I daj dwa kubki.

Tato zbystrzeli od razu: Oho, bedo pili! i cmokajo i na murku sie kręco. A Handzia jakby skrzydłow dostała, tak sie nad patelnio zwija: sześć im jajkow, choroba wybiła!

A usmażywszy, puka!

Uczycielka wygląda, bierze przez prog talerki z jajecznio, bierze chleb i widelcy, bierze kubki. Na zdrowie, mówi Handzia i mrug! okiem, oczko do niej puszcza, a ta śmieje sie urwisowato! Dźwi sie zamykajo i u nas znowuś ciemno.

A tam? A tam pijo sobie, śmiejo sie, opowiadajo, czasem głos ściszo, marmoczo coś, marmoczo, naraz jak nie hukno śmiechem! A na kogo oni szepczo, przed kim sie ściszajo, z kogo, psiakrew, podśmiewujo sie? Nie, nie usiedze, nie bede słuchał, jak śmiejo sie, kto wie czy nie ze mnie. Ot, cholera, znalaz sie opowiadacz, narzeczony w cienkich nogawicach. Zajde do Domina, mówie. Czapkie biere i ide.

Ale nie do Domina ide, tylko dużo bliżej, pód okno, tak, do swojej chaty, choroba, zaglądać bede! A zaglądnąć nie łatwo, bo firanke zawiesiła sobie uczycielka na całe okno. Tylko od samej góry, dzie sie sznurek rozciągnoł, szparka sie zrobiła, wąziutka, ale wysoko, za wysoko.

Na szczęście klon przy ścianie rośnie: wsuwam sie ja między pień a ściane, za gałęź cichutko sie łapie, podciągam sie, oczami do szpary: siedzo!

Siedzo przy stole: butelka napoczęta, jajecznie sobie jedzo pomału widelcami, chlebem zakąszajo. Poczekam, aż wypijo. Ni to stoje, ni wisze, ręka drętwieć zaczyna, czekam. Na książkach, widze, figurka stoi. Lampa wisi na goździu koło łóżka. Zygarek stoi na ławie.

Aż on nalewa, nawet niemało nalał: stukneli sie, wypiła jak męszczyzna, głowe odrzuciła i hop! była wódka, nima wódki. Oho, numerek z ciebie panienko niewąski.

Ale ręka boli! Złaże po cichu i wychodze na droge. Niedaleko, pod Dominowymi lipami, dziewczęta śpiewajo, Reczeńke śpiewajo, pieśń te kiedyś Dunaj od orelow przywioz, jak tratwy ganiał Narwio.

E, nic nie bedzie, pocieszam sie, ileż oni znajo sie, dzień, dwa. Posiedzi i pojdzie. A jakby co, to lampa zgaśnie. Aha, bede spoglądał, czy sie okno świeci: w razie jakby zgasło, zajde znowuś, posłucham czy poszed, czy jest. A źlić sie nima czego, prawdziwie tato powiedzieli: męczy sie dziewczyna całe dni z tymi bachurami, wieczorami zeszyty poprawia, abo ślepnie nad książkami, czyż nie ma prawa się rozerwać? Niech odpocznie raz, toż ona niestara. Że wódki sie napiła? A czy to na weselach baby nie pijo? Nawet niektóre druhny probujo. A co tam, zapoznała kolege, niech sobie pogada, pośmieje sie, co tam.

Schodze z drogi nad rzeke, w łozy, żaby huczo aż błota huśtajo sie od tego huku! Dzieś na łąkach derkacz derczy. Po wierzbach ptaszki krzyczo, parzo sie. Toż czerwiec.

Ciekawe, co by było, żeb tak kiedy noco, jak Handzia zaśnie, zajść cicho na pokój. Ona spałaby, sama taka, pewno ręce rozrzucone. A wtedy jo ruszyć w ramie: odemknie oczy i co? Krzyknie? Wyskoczy z łóżka? Zawoła Handzie? He, a może posunie sie? Nie, krzyku nie narobi, ale na pewno powiedziałaby iść, wracać sie! Choć czasem jakoś tak popatrzy na mnie, oglądnie sie, zaśmieje, że kto wie, kto wie. Ale nie! Za delikatna ona, za dobra dla Handzi, za wstydliwa.

A lampa świeci sie i świeci.

Dziewczęta śpiewajo: Z kolącego ostu możno płoty grodzić, choć prawie ich tu nie słychać, bo żaby głośniejsze, wiem, słowa zna sie: Z kolącego ostu możno płoty grodzić, z kolącego ostu możno płoty grodzić, mężowej matuli nie możno dogodzić.

Lampa świeci jak świeciła.

A może już poszed, a ona czyta?

Ide znowuś, znowuś włąże pomiędzy pień a ściane, ręko sie za gałąź łapie i tak wisiawszy, stojawszy, patrze:

Stoł odsunięty aż do dźwi, dźwi stołem przyciśnięte! Butelka pusta. Ona na łożku, pod lampo, goła! Całkiem goła!

Ale on, dzie on?

Nima! Jego nima!

Ona klęczy na łóżku pod lampo, cyckami twarzo do okna, oczy zamknięte i kiwa sie, jak baby w kościele sie kiwajo! Modli sie? Czy pomieszania dostała? Tak, spiła sie i pomieszania dostała: wtuliwszy głowe, kiwa sie i kiwa, jak wyprostuje sie, widać nad szczytkiem, jakie ręce ma cienkie, a cycki nieduże: chudziutka jak chłopiec, cieniutka, istna Konopielka.

Wtem noge widze!!! Jego kolano widze, leżącego na plecach!!!

I tak jak ręko trzymał sie ja dyla, tak od razu to ręko grechotnoł w rame, aż sie szkło posypało, a pod drugo ręko gałęź sie urwała, i ryms ja na ziemie, a z ziemi jak dzik hyc przez płot i zadudniwszy nogami rzucam sie w łozy, na łeb na szyje!

Rano Handzia ze trzy razy dobijała sie do stodoły. Wpuść, prosi, mus pogadać! Nu wpuść, toż wiem, że tam siedzisz!

I zamyczko kołocze. Trudno, niech kołocze, pokołocze i pójdzie. Ale nie, uparła sie, klepie, huczy.

Mówie wreszcie: Odczepże sie, kurwo jedna!

Za co ty mnie tak, Kaziuk! Chodź, upiera sie, trzeba coś zrobić z oknem, póki ludzi nie śmiejo sie.

A co, pytam, widzieli może coś do śmiechu?

Wstyd, że całe okno wybite! Plotkować zaczno!

Ale nie o mnie, czy to mnie podglądali? Niechaj ona ładzi, abo ten jej narzeczony.

Posiedział ja jeszcze niemało na worku, niemało czasu zeszło, zaczem wyszed ja ze stodoły. Jezu, co sie robi, narzeka Handzia i pod chate mnie prowadzi, na nasze panie napadajo! Napadajo? dziwie sie: I ten jej kawaler nie obronił?

Zachodzim pod drzewo.

Prawda to, pytam sie uczycielki spod okna przez dziure, że ktoś na panie napad?

Tak, mówi ona, okno rozmyka: ktoś wlaz na drzewo i podglądał, a potem trzasnoł w okno i uciek.

Mówi to, a na boki patrzy, oczy chowa.

To na drzewie siedział?

Tak, słychać było, jak sie zwalił.

Hm, pewnie ta gałązka jemu sie urwała, mowie i gałązke pódnosze z ziemi: Aha, mówie, w góre spoglądawszy, to z tamtej gałęzi sie urwało, pasuje. Co za świnia, podglądał pani mówi, ciekawe czego taki szukał! A to może i po nim ślady? dziwie sie. A ślady na zagonku w cybuli jak po koniu! Patrze ja na te ślady, gałązke oglądam i myśle: lepiej było tobie na te drzewo nie włazić człowieku, oj, dużo lepiej byłoby dla ciebie, dużo. A ona:

Boję się! Może mnie co wieczór podglądano, tfu, okropność!

A jakby te gałęź obciąć? radzi Handzia. W chacie będzie widniej i już nikt sie nie uczepi?

Gałęź, mówie i cały drże, zęby latajo: Gałęź? A dobrze, już, zaraz! Zaraz sie zrobi, tak sie zrobi, żeby już nikt nie właził na te gałęź. Ziutek, piłe, siekiere raz dwa!

Trochę szkoda, mówi ona.

Szkoda? E, mnie tam już niczego nie szkoda, rzeki nie szkoda, chaty nie szkoda, drzewa nie szkoda! mówie, siekiere biore i od dołu pień obciopuje!

Co?! Handzia oczom nie wierzy: Co ty, co ty, Kaziuk, całe drzewo? Nie tykaj, trzęso sie tato, nie rusz klona, bo źle będzie! Nie ścinaj, mowie, chatniego drzewa!

A co ono, święte?

Nieszczęście na dom ściągniesz! Nie ścinaj!

A to so jakieś nieszczęścia? dziwie sie. I obrąbuje.

Od piorunow broni, nie ścinaj! proszo tato. I probujo za plecy odciągać, ale ich tak odpycham, że na Handzie polecieli.

Nie ścinaj! gwałtuje Handzia. Dziewczęta kiedyś dorosno, ławke dzie im postawim!

A im bardziej sprzeciwiajo sie, tym mocniej rąbie, obrębuje kore, żeby piła dobrze weszła, białe ciało spod kory sie świeci.

Nie ścinaj, bo ręka uschnie! straszo tato, nogami tupio, latajo wkoło, to z tej, to z tej.

Y tam, od złotego konia nie uschła, nie uschnie i teraz.

Ależ panie Kaziku, naprawdę szkoda, przemawia ona z okna, takie piękne drzewo! Cały dom w gałęziach! Naprawde szkoda, co pan robi najlepszego!

Co tam gałęzi! ja na to, wyprostowawszy sie: Grunt, żeby nikt pani nie podglądał.

To wystarczy tę jedną gałąź!

A co sie bawić po gałązce: całe drzewo zetniem! Po co ono? O, podwaline rozsadza. Strzecha gnije od cienia. I pani bedzie miała widniej w izbie. Widniej, mowie, pani nie lubi, jak widno? Mnie sie zdaje, że pani lubi jak widno.

Ona na mnie patrzy, patrzy.

Jak widno, to lepiej czytać, mowie, oczy sie nie tak psujo. Pani tak dużo czyta, a mnie paninych oczow szkoda. Klękaj, Ziutek!

Nie! broni sie: Nie bede drzewa ścinał!

Klękaj, mówie!

Wołajcie Michała! jęczo tato: Michał, Michał! Klękamy, piłe przykładamy. Pociągam, drasneło zębami białe, chłopiec piłe wypuścił. Beczy.

Trzymaj, zasrańcu!

Nie bede! Toż to tatowy brat! Nie bede!

Trzymaj! i w łeb go: Ciągnij, psiakrew, bo zatłuke!

Co ty robisz! huknoł zza plecow Michał: Co ty robisz, kainie!

Ślepy? ja na to: Nie widzisz, że drzewo ścinam! Nie ścinaj! I za piłe łapie. Ja za siekiere: Odczep sie, mówie, to moje drzewo.

Babka posadzili, ono i moje!

Ale komu posadzili, kto sie wtedy urodził, ty czy ja? A po czyjej stronie chaty ono? Po twojej?

Ty zdurniał! mowi Michał, spoglądawszy na siekiere. I odstępuje.

Ciągaj, Ziutek, nakazuje ja małemu, spokojnie. I już nie słucham, co gadajo za uszami, ciągam piłe, za dwóch ciągam i pcham, bo ileż chłopiec pomoże. Tyle że naciska. Nie wiem, czy ona patrzyła z okna, czy nie, mnie zdawało sie, że patrzy. Przepiłowali my śnit z jednej strony, przepiłowali z drugiej, od ściany, drzewo ruszać sie zaczęło.

Na bok! ostrzegam. Zaruszało sie, a nie leci. Jeszcze pare razy przeciągamy piło, odskakujem: rusza sie, a nie leci. Jakby żyć prosiło. Właże między drzewo a chate, kolanami naciskam pień, plecami wpieram się w ściane: kiwneło sie, chyli pomału. Naciskam, patrze w góre, ruszyła zielona czapa, widze, jak jedzie, jedzie, i w głowie mnie sie kołujo liści, chmury i myśl jedna: na co mnie kiedyś babka rękę przypalali, babka, na co, ręke, babka, kiedyś, przypalali, na co, czuje, że zaraz płaczem, bekiem rykne: gołe niebo sie odsłania, ktoś krzyknoł: Uważaj! podobno w gałęzi patrzawszy, chylił sie ja za drzewem jak przywiązany, a kiedy hukneło, odziomek buchnoł mnie w bok, w kość i pociemniało.

O, leżało mnie sie jak królowi! Nigdy w życiu nie wylegiwał sie ja tyle: leże sobie, a oni chodzo wkoło, jak przy jajku, na dybkach, półciszkiem, o zdrowie py-

tajo, skwarki podtykajo, sieduch podstawiajo jak sra-
lowi. Handzia Kazikiem nazywa, kaziuje, kazikuje,
choć tylko Kaziukiem był ja u niej bez lat dziesięć.
   Królowanie królowaniem, a co ja sie nacierpiał, tylko mnie i Panu Bogu wiadomo. Żebro mnie wyszło
i coś pękło w kulszy, chiba kość sie nadłupała, bolało
od najmniejszego ruszenia sie, od dychania nawet.
Uczycielka naparła do szpitala mnie wieźć, do miasta,
abo choć doktora przywieźć z Suraża, ja na to, że doktora może przywieźć, ale sobie. Ona: Po co mi doktor?
Ja: A pogadać sobie wieczorem, o książkach, o miastowym życiu. Ucichła, patrzy sie pod nogi, wie, że ja
wiem!
   Tak po prawdzie, to zdychać sie chciało, a z tej
przyczyny, że żyć sie nie chciało. Drzewo leżało przez
ogrod aż na droge, droge zagradzało póki Ziutek
z Handzio czuba nie upiłowali. Upiłowali, odciągneli,
droge dali. A jeść to sie przeważnie rybe jadło, dzieci
pełnymi koszami nosili z rzeki płoć, jazia, szczupaka,
okońki, rzeka przemieniała sie w sadzawki. Nie mog ja
tego nijak sobie przedstawić: tego, że rzeki nima, prawie nima! Tato przyłazili znadwora zgłupiałe: Po Marcinowej Jamie, mówio, dzieci brodzo i majtkow nie za-
moczo!
   Po Marcinowej Jamie? Toż jo mało kto zgruntował!
   Tak, półpłaczo tato, po Marcinowej Jamie, po Stawisku, po Gaju, ryby leżo w błocie jak w oleju, zdy-
chajo w słońcu. O Kirelejson, była rzeka, nima rzeki!
   Słucham i nie wierze: że zalewy wyschli wierze, że
mała rzeczka, że Mazurowe koryto, że chlapa za
wierzbo też jakoś uwierze, ale że duża rzeka zginęła?
Jakto, Narwi nima? Jakże może Narwi nie być!
   Naszej nima, mówio tatko, wybałuszywszy sie,
dziw że im oczy na podłoge sie nie sypio, naszej nima.
Mówio, że ostała sie tylko ta, co płynie koło Strabli,

przez Zawyki. A wszystkie poboczne gałęzi pousychali. Z Hołowczańskich moczarow zrobiło sie błoto, Ciekuńska topiel przemieniła sie w rzeczke, Kowalskie grzęzawy też zeschli sie w rzeczke: z całego Rozgnoju ostało sie trochu bagna mięż Uhowem i Bokinami.

Handzia rybe smaży i na oleju, i gotuje krupniki, i suszyć probuje. Rybo śmierdzi i w chacie, i za chato i chata.

A do Strabli możno wozem jechać jak po klepisku! mówio tato.

Ale czy prawda, że i Topielko suche?

Gadajo, że suche, błoto obsiadło i sucho.

I co oni w tych Bokinach zrobili?

Tam progi byli. A oni podobno wzieli rozkopali te progi mięż gorami. Nu i progow nima i bagno spłyneło.

Choroba, jak oni w wodzie kopali, dziwi mnie: A co z naszymi łąkami?

Te wyższe podsychajo. Ale już w szlamach trawa pokazuje sie, jeszcze rzadka, ale rośnie nawet ładnie.

I czyje bedo te nowe łąki?

Nie wiadomo, ziemlomiery obmierzajo.

To nie wyjechali?

Ha, jeszcze dwoch przyjechało!

Młode, stare?

Same młode.

A żeb ich małanka popaliła! To wy naprawde mowicie, że już rzeki nima?

Nijak nie mogę przedstawić sobie widoku na kurhan, że sie wody nie odbijajo! Chce do okna wstać, ale dzie tam, plecami ruszyć nie moge. Póki moje oczy nie widzieli, wierze i nie wierze. Matkoboska, to my już nigdy, tatu, nie pojdziem po rybe z brodniami? Z kłomlami?

Nie! Chiba wezme połamie! Abo spale!

Nie łamcie, może jeszcze co odwróci sie? A pola, jak na polach?

Pod kurhanem rośnie po staremu, ale od łąkow jęczmieni marniejo. Tak samo koniuszyny, konopi. Pódsychajo.

A żeb ich, tych dobrodziejow, spaliło! Że to nima na nich kary!

Nie bojś, mówio tato, Pambóg im szykuje góscine, już tam w piekle dla nich palo.

I bioro tatko różaniec, ale popaciorkujo trochu, znowuś wzdychajo: Mnie co tam, wzdychajo, ile mnie zostało, ale co z wami? Co z dzieciami? Okirclejson, co z nimi? Boże zmiłuj sic!

Boże, Boże, a co było ze świętymi? dycham: Pouciekali!

Chiba prawde gadał Pioter, że Pambóg coraz starejszy.

Ludziom rozumy mieszajo sie. Co ciebie naszło, że ty klona ścioł?

At!

Jakże święte drzewo ścinać?

A jakie ono święte.

A nie pokarało?

Okaleczyło, bo zapatrzył sie.

A czemu zapatrzył sie? W zwyczajne drzewo nie zapatrzyłby sie. Wiesz, jak teraz chata wygląda znadwora? Jak kościoł bez wierzy! Jak ziemia bez nieba.

Handzia w polu siedziała, len pleła, warzywo, oborywała z Ziutkiem kartofli. Uczycielka czasem siadała z nami: przypodchlebiała sie, ale ni tatko, ni ja za bardzo z nio nie rozmawiali.

Może dać panu książke? dopytuje sie: Poczyta pan sobie.

Nie umiem!

To może ja poczytam na głos?

Nie chce.

Ale trochę, na próbę?

Kiedy ja naprawde nie chce paninych książkow! Przez te panine książki Taplary czort wzioł!

Nie wziął, nie wziął, pociesza słodziutko, teraz dopiero żyć zaczniecie! Tyle nowych łąk, nowej ziemi! Do świata blisko, łatwo!

A cóż tam dobrego w tym świecie? krzywio sie tato: Judasz na Judaszu.

A jacy znowu judasze! źli sie ona. Porządni pracowici ludzie!

Porządni?! Uch, usiadby ja teraz, żeby jej krzyknąć prosto w oczy: Porządni? Już raz nam pani opowiadała o tej porządności! Już ja wiem, jaka ona, ta porządność! I chce dodać: porządność, ale do góry nogami, taka, że baba na chłopa włazi, a chłop jak baba na plecach leży, ale w pore gębe zamykam.

Owszem, ciągnie ona, ale w oczy nie patrzy: inne obyczaje tutaj, inne gdzie indziej. Ale myślicie, że tylko wasze życie święte?

I książke odmyka.

Odwracam oczy na ściane, na muchi patrze jak po glince łażo, ona czyta o jakichś panach, jak na koniach jado, ścigajo sie, strzelajo niedźwiedzia, potem jeden między nimi staje, gra.

Odwracam głowe do ściany, bo nie chce tego fiubździu słuchać. Co ona wie, co o naszym życiu ona wie, jak tylko raz z nami przezimowała, między stołem a szkoło, nawet czterech por nie widziała! A ja trzydzieście razy, a tato siedymdziesiont, a może i osimdziesiont razy obeszli wiosne, lato, jesień, zime, i to nogami i rękami w błocie, w piachu, w rzece, w śniegu, w słomie, w gnoju! A co ona wie choćby o gnoju? O podrzucaniu słomy, dojeniu, cierpliwym przez krowy udeptywaniu, o soku, o zapachu, czy ona z raz gnoj wywalała? Ładowała na fure? Siedziała na furze, spodniami na gnoju, czy wie co za radość. Ściągała gnoj na zagony, wie, jak pola pachno, kiedy gnoj wożo? Rozrzucała kiedy gnoj palcami? Ona nawet widłami brzydziłaby sie! Przyorywała? Bronowała? Siała? Chodziła podglądać, jak wyłażo białe czubeczki? Jak przeczerwieniajo sie? A potem przezieleniajo? Jak sie listki wywijajo, potem kłos, jak kłos rosuje? Jak pole pod sierp bieleje? Jak z gnoju ziarka sie zrobili?

A ona mnie tu fiubździu czyta o jakichś alegantach i pańskich pieskach, w kaftanikach! I do tego w boku łupie, aż w oczach ciemnieje! Odwracam głowe i pytam wprost:

Na co pani żyje? To tu, to tam, to z tym, to z tamtym? Dzie panine dzieci? Dzie panina ziemia? Panine krowy? Świni? Kury? Panina rzeka, panina chata, panine drzewo? Dzie?

Nic nie gada.

Mało, że sama nima, to i drugim zabiera! Dzie nasza rzeka? Kto klon zmarnował? Komu ryby przeszkadzali!

Ale panie Kaźmierzu, zaczyna tłumaczyć sie, wystraszona, czy to ja was niszcze? Ja tylko ucze pisać i czytać.

At, co tu gadać. Wszystkie wy dobre!

I już nie odzywam sie więcej. Posiedziała, podumała i poszła. I przestała zaczepiać.

Noco leżał ja jak baba: od ściany, żeby chorego boku żonka nie trąciła, bo boli. Przysuwa sie, odsuwa, kręci sie z dópy na dópe, nogo po łydce mnie szoruje. Co z tego, kiedy kloc ze mnie, drgnąć nie moge. Za ściano tamta poskrzypuje łóżkiem, czerwiec, krew babom sie burzy, a ja, ech wyszło: dwie baby w domu, jedna gruba, druga cieńka i nie moge z żadno! O, teraz to i do tamtej ja by sie dobrał, żeby zdrowy był, a co!

poszedby do niej w nocy, Jej Bohu poszedby, toż nie odepchnełaby taka, uch wysmulałby ja jo, bladziuszke, trochu inaczej niż tamten pizdryk! A Handzia kolanami grzebie. To mówie: Jak tak chcesz, to leź na wierzch.

Ja na wierzch?

A co!

Jak?

A odsuń pierzyne, ja na środku sie ułoże.

Co ty!

Leź, mówie, już mnie napaliło, już widze tamto, co pod lampo było: Nałaź!

Wstydze sie.

Kogo? Dzieci śpio, tato śpio. A tamta nie słyszy. A jak posłyszy, to co? Takie ogierowe koryto!

Co ty Kaziuk!

Nu właź, mówie!

Ale tak nie możno!

Czemu?

Ja tak nigdy jeszcze.

To zaczniesz.

Nie!

I odwraca sie plecami. I nie wiadomo czemu popłakiwać zaczyna, chlipie po cichutku, pochlipuje.

Czego beczysz?

Ona nic, chlipie.

Czego beczysz?

Za Jadzio.

Ot, tobie masz, przypomniała! Ona dawno tam, dzie jej dobrze.

Ja chce znowuś.

Co?

Nu, zaciężyć.

Zaciężysz, nie bojś. Bedziesz jeszcze miała tego dobrego, aż za dużo.

Ale ona mowi, żeby więcej nie rodzić: troje jest, starczy.

Jaka ona?

Uczycielka.

O, psiapara, jak to wszędzie nos wtyka! Sama rucha się jak krolica, a komu odradza!

Nie odradza. Tylko mowi, żeb na pusto.

Na pusto?

A ja chce zaciężyć.

No to właź.

Ale wstydze sie.

Wstydzi sie, cholera!

A zatkaj ty sobie kolanem! mowie zły, no bo psiamenda jedna zacznie, napali, a potem ze wstydem wyjeżdża!

Tak męczył sie ja do pół czerwca. Po Antonim trochu chodzić zaczoł, na razie po chacie, wieszawszy sie rękami po ścianach. Potem z kija ładne kulaske wystrugał i z czasem na gumno wyszed. A jak zaczoł na słońcu przesiadywać i po ziemi chodzić, to już z dnia na dzień letczało.

Rzeki, prawdziwie, nie było! Dno sterczało karpami i kłodami szczerniałymi na węgiel, trawy, bluszcz leżeli zwałami, wyschli na siano. Gdzieniegdzie na błocie gnili ryby, kaczki czaplali sie w grzęzi, wybierali padło jak z koryta. Tylko głębiny przemienili sie w sadzawki i błota: tu dzieci buszowali z koszami, koszami rybe łapali! Nie, tego jeszcze nie było! Spojrzawszy na wschód, na północ, widziało sie plechy czarnego szlamu, ale więcej zieloności, dawne moczary, co ciągneli sie hen, pod Turośń, Juchnowiec, Ryboły, przemieniali sie w dzikie łąki. Suchimi nogami możno było iść i iść, droga łatwa: tylko kto tymi suchimi drogami nadejdzie, nadjedzie i czego? Urzędniki, kołchoz robić! Przyjado jakim pociągiem, jak straszo Domin, załadujo całe Taplary i wywiozo, dzie zechco!

Przechadzał się ja z kulasko jak biskup: pomaluśku, po pół kroczku, bolało jeszcze. A lato było na całego.

Dzień po Janie przychodze z łąkow, widze: na podworzu stoi fóra, Orelow Antoch na niej siedzi.

A co ty tak siedzisz? pytam sie ja z boku.

A czekam.

A na kogo?

A na uczycielke.

A co?

A powioze na stacje.

Uczycielke?

Toż mowie.

Na stacje?

Nu na pociąg. Dunaj mnie naznaczyli.

To odjeżdża?

Jakby nie odjeżdżała, to by ja nie odwoził.

Wchodze, prawdziwie, upycha szmatki w torbę i do waliski. Handzia nad nio, dzieci!

Ach, wrócił pan nareszcie, mówi, myślałam, że wyjadę bez pożegnania.

To pani wyjeżdża?

A tak, nareszcie koniec roku! mowi radośnie. Wakacje!

A w cieniutkiej sukience jest, w czerwone kwiatki: w talji przewiązana paskiem, ręce, nogi gołe, opalona mocno, ale nie tak czerwono jak nasze baby: skóra jakby przydymiona. Zwija się po chacie bardzo wesoła.

Ale chiba nie na zawsze? pytam sie: Jesienio nazad wróci sie?

Wrócę albo nie wrócę, ona odpowiada bez żadnego smutku: Może ktoś inny tu do was przyjedzie. Lepszy.

Stoję jak zamarznięty! Jak to? Wyjedzie i nic? I po wszystkim? Niby niczego ja nie spodziewał się od niej, ale jak to: szast prast i nima? Nu a my? A chata bez niej, jak to bedzie! Niby sie z nio nie gadało, ale cały czas, choroba, cały czas jakby sie z nio kłóciło! W chacie jej nie było, a jakby była i to zawsze najważniejsza. I jak to: siądzie sobie na fóre, pojedzie i nigdy jej sie nie zobaczy? Aż mnie żebro zakłuło, co to, jakoś tak jest, jakby coś zginąć miało, przepaść! Coś ważnego!

Wychodzę z chaty. Jedź, mowie do Antocha.

Bez niej?

Ale do domu. Ja odwioze.

Abo dasz rade?

Moja rzecz.

Szkoda czasu na gadanie: już woz od Michała ciągne, spodówke, laterki wkładam, wrzucam półkoszki, grochowiny, przykrywam radnem, już i Siwke z chlewa wywodze, prętko czyszcze, raz dwa chomont naciągam, zakładam duge, lejcam: pódjeżdżam pód chate, przywiązuje. I do chaty! Kubek wody, myje sie z ręki nad ceberkiem, z gęby, i do sieni: cholewki naciągam, biere lepszy palcik, lepsze czapke. I na dwor, na woz.

Wychodzo obydwie, za nimi dzieci. To pan? dziwi się ona, pan mnie odwiezie?

Nie dasz rady, Kaziuk, po co to tobie? szkoduje Handzia. Ja nic nie mówie, czekam.

Kłado w półkoszki plecak, torbe, waliske, figurka do rączki przywiązana, papierem owinięta. Handzia wciska jej koszyk przykryty obrusikiem, cały czas ślozy obcierawszy. A ta nic, uśmiecha sie jeszcze, zimna jak z kamienia. Pocałowała dzieci w czoło, Ziutkowi ręke podała, a kiedy do Handzi przystąpiła, ta rozryczała się w głos, po dzieciaku chiba mniej płakała. Nawet tato czapko oczy wycierajo: A niech panienka przyjedzie do nas latem, zapraszajo.

Kto wie, może wpadne, tak pod koniec lipca.

Na Anne, mówio tato, bedzie odpust w Turośni. Przyjedzie? Niech przyjedzie!

Przyjedzie! śmieje się ona i macha palcami. To ja lejcami szarpie, ruszamy. Uczycielka jeszcze im ręko pomachuje: rozryczeli się cało hurmo, wychodzo za nami na droge. Objeżdżamy klon. Ona siedzi przy mnie jak żonka. A wzdłuż płotow widze głowy: baby stojo, męszczyzny, rozniosło się, że ona odjeżdża. Czekajo.

Do widzenia panience! krzyczo za nami.

A kiedy przyjedzie?

A niech tam o nas nie zapomni!

Co złego to nie my!

Jaka ładna para!

A niechaj sie pani szczęści!

Boże prowadź!

Niechby na żniwa ostała!

Ona coś im odkrzykuje, to to, to tamto, ręko pomachuje, śmieje sie. Dojeżdżamy do Dunajow, tu zeskakuje z fóry, gibka to ona jest, a w tej sukience to sie choroba, przegibuje jeszcze bardziej. Całuje się z cało rodzino, a z pietnaścioro ich stało: Dunaj, Dunaicha, chłopcy, dzieci, babka, Jozik z młodo żonko.

Nie chcemy nikogo innego, pani musi wrócić! dopominajo sie Dunaj. Pani jak nasza druga córka, popłakuje Dunaicha. A babka skrzeczo zza płota: Ładna para, ładna para.

Dowidzenia, dowidzenia! mówi ona, wskakuje zgrabnie boczkiem na siedzenie: Dziękuje za wszystko. Dowidzenia, nigdy was nie zapomnę!

A niech przyjedzie kiedy w odwiedki! zapraszajo. Ruszam, ona odkręcona jeszcze macha ręko, odkrzykuje: Może na Annę, na odpust. Dowidzenia!

Jeszcze się ogląda, za wiosko. Ja siedze wyprostowany, naprzód patrze.

Jedziem. Na wygonie Filip lata wkoło topolki. Nasze turkotanie posłyszał: Pszczoły, krzyczy, pszczoły, cały roj siedzi! O Jezu, uciekno!

Wołaj Maciejka na pomoc! radze.

Uczycielka śmieje się, macha jemu ręko, ale na pusto, on lata jak szalony, kożuszkiem się opędza. Wtem myczenie słysze z tyłu! Oglądamy sie: cielak, ciele za fóro leci, stąpa sobie jak źrebiaczek! Do kobyły meczy, ona się ogląda, rży do niego!

Nie dziwne to, mówie. Nie straszne?

Nic strasznego, na to ona, w jednym chlewie stojo, zżyli sie.

Ciele z kobyło?

Czemu nie, czytało się i o dziwniejszych rzeczach. I cichnie, duma. Jedziem, ciele stąpa przy kobyle bok w bok, jak przyprzężone! Objeżdżamy kłode, bo podrzuci, a boje sie bolu w kości. Jarzębina Jurczakowa. Wierzba co Wrona zamarz. Sokory. Kurhan. Mogiłki. Stara chwoja. Jełowiec z rosochami: żółty, usycha, korzeni ja popodcinał. Z kurhana zjeżdżamy, judaszowa osina, Marysia, dęb. I las już.

Nic nie mowimy, nic nie gadamy. Nasza brzezina. Mazurowa. Woz na korzeniach podrzuca, choroba, boli, w kulszy boli. Las kończy sie, już i bagno. Ale co to za bagno! Dzie błoto, wody, dzikie kaczki, czapli? Czemu ciasto nie ciamka na szprychach, nie chlupie o spodówke? Siwka sucho nogo idzie, stąpa sobie równiusieńko jak panienka, jakby szła po gumnie, nie po bagnie, ciele przy niej drypcze, rabe, zgrabniutkie, łasi sie. A wkoło trawy i trawy, łąka, zieloniutko, tylko pierwsze trawy rosno tak zielono.

A dlaczego pan jedzie starą drogą, dziwi sie ona. Przecież sucho, można by już na przełaj!

Prawdziwie, droga kręci się, zawija od kępy do kępy, od olszynki do brzezinki, o, niełatwo było kiedyś znaleźć dla woza trochu suchszego gruntu między błotami i grzęzawami. Kręcić trzeba było, chytrzyć, objeżdżać, nawracać.

Droga drogo, mówie.

To co: będzie pan okrążał wody, których nie ma? Tak wszystkie jeżdżo. A ona:

Ale ktoś musi tę nowę drogę zacząć!

Dojeżdżamy do Topielka. Prawdziwie, jak gadali: ziemia obsiadła, widać to po drzewach, karpy sie wydeli. A błoto porozpękało sie, dziury, szczelubiny, jakby kto siekiero nasiekał, wkoło trawy rosno, pierwsze, ale już całkiem gęsto. Szuwar pod olszyno posiwiał, schnie. Nawet kobyła sie rozgląda, jakby i ona okolicy nie poznawała.

Topielko, mówie w głos. Ale czyż to Topielko? Jezu, latem tutaj koń do brzucha grzęznął! Osi w błocie się chowali. A wiosno, jesienio? Niejednego konia, niejeden woz łańcuchami sie ściągało z tej topieli, ech, była droga! I nima! Ot, psiapary, co zrobili, nima Topielka! Co oni, cholery, wyprawiajo, a żeby ich! Takie bagno, takie okolice zmarnować! Toż tu teraz dzieciak przejdzie, Matkoboska co sie robi. Czy na pewno już co było nie odstanie sie, nie wróci? pytam uczycielki: Nie odmieni się? Ona nic nie gada. Nu pewnie, co dla takiej Topielko. Niby w Taplarach żyła, ale ileż żyła, jak żyła, onaż nie taplarska. Jak się radowała, że wyjeżdża! Tak to z nimi włóczęgami: przyjedzie, naszkodzi, jedzie dalej.

To prawdziwie namyśliła sie pani nie wracać już do nas? pytam sie i słysze, że nie, raczej do Taplarow nie wróci.

Czy to u nas tak niedobrze? A może pani na nas obrażona?

Nie, bardzo ładnie będę was sobie wspominała, odpowiada, ale chciałoby się gdzieś w nowe miejsce.

A to w nowym bedzie lepiej?

Nowe miejsce, nowi ludzie.

To do nowych miejscow panie ciągnie?

Lubie zmieniać, mówi ona, to ciekawe.

U nas też by było ciekawie, jakby pani z nami dłużej pobyła, zżyła sie. Nawet kamień jak długo na jednym miejscu, to mchem porośnie, a co gadać o człowieku!

Właśnie, odpowiada ona, zasiedziałam sie u was, murszeję.

Tak? To woli pani ciągać sie z miejsca w miejsce, od ludziow do ludziow, i pozostać sie kamieniem gołym? Nie zakwitnąć?

Ścichła, coś tam myśli, duma, grochowinke wyciągnęła, pogryza. Aż tłumaczy sie, że my taplarskie, to co innego: siedzim jak kamienie w trawie, nie śpieszym sie, bo mamy w zapasie niebo i wieczność. Ale jak ktoś wie, że po śmierci nic, tylko piach, to żałuje życia na powtarzanie jednego, na nasze kręcenie sie w kółko, taki chce nowego i tylko nowego, jak najwięcej nowego.

Ale, machnęła ręko, nie czas, nie miejsce, żeby gadać o takich smutnych sprawach, tak ładnie dziś, zielono!

Przestraszyło mnie, że ona w niebo nie wierzy! A jak w niebo to i w Boga! Pierwszy raz ja widział na swoje oczy kogoś, kto w Pana Boga nie wierzy! Słyszało sie, że bywajo takie na świecie, opowiadali ludzi, podobno nawet żenio sie takie i dzieci majo! Słuchało sie, ale nie dowierzało: jakże możno w niebo piekło nie wierzyć! W aniołow, świętych, Matkeboske! Jak sie w to nie wierzy, to nic tylko nóż brać i ludzi rżnąć, i sobie głowe urżnąć, abo sie powiesić, utopić. Na co żyć! Patrze ja z boku na te uczycielke: ładna, uczona, ale to nie dziewczyna! To kózytka, czarcicha!

A pani z nami różaniec mówiła, pytam sie cicho, toż pamiętam: modliła sie pani!

Tak, odpowiada, przepraszam was za to, z ciekawości to zrobiłam.

Z ciekawości?

Jak ja słuchał o takich, co w Boga nie wierzo, przedstawiali sie mnie zawsze ludzi nieszczęśliwe: jeden oczow nima, czerwonymi jamami świeci, drugi bez języka, trzeci z obciętymi rękami, inny z oberwano paszczęko, a każdy smutny, głodny i jęczy! O tym, że i baba abo dziewczyna może nie wierzyć w wiare, nigdy ja nie myślał, to całkiem nie do pomyślenia, żeby baba abo dziewczyna w wiare nie wierzyła!

A ta tu siedzi przy mnie, w cieniutkiej sukience, ręce gołe opalone, twarz opalona, czarniawa. Może od tej bezbożności ona czarniawa, inna niż nasze dziewczęta, cygańska jakaś. Ciekawe, czy cygany w Boga wierzo.

I znowuś lasek, przez Borki jedziem, na korzeniach podrzuca, a bok mnie boli coraz bardziej. Patrze przed konia i boje sie każdego korzenia, każdego kamuszka, co sterczy w koleinie. Chciał ja, to mam, cierpie za czarownice, nie trzeba było Antocha odprawiać. Ale jęczyć to ja nie bede: zęby zaciskam, boli psiakrew, uch jak boli! Ale ona pyta sie:

To pan panie Kaziku, nigdy z Taplar nie wyjeżdżał i nie wyjedzie?

Nie wyjade, mówie, a jakby mnie chcieli siło wygonić, to poprosze, żeby mnie przedtem oczy wyłupili. Abo skóre zderli.

Oj, panie Kazimierzu, coś mi sie zdaje, że nie tyle panu żal starego, co strach przed nowym. Nie chce pan zmiany, bo boi sie pan, że nie poradzi sobie z nowymi ludźmi, z nową robotą. Tak, żeby w świat ruszyć, trzeba być troche przygotowanym. A pan nawet pisać nie umie.

Ja już niemłody, mówie na to, ja chce dożywać po swojemu.

Niemłody? Ledwo trzydziestka panu minęła, a pan już starego udaje? Toż z pana zdolny człowiek, raz dwa może szkołe skończyć. I nie musi pan siedzieć do śmierci w Taplarach.

A dzie?

A choćby do miasta wyjechać! Potrzebują robotników w fabrykach, na budowach.

Jakto? A żonka? A dzieci? A gospodarka?

Gospodarstwo można sprzedać, żonę i dzieci zabrać ze sobą, tylko na tym zyskają.

A tu boli, boli nie do wytrzymania: Uff, bliżej mnie na mogiłki, niż do miasta! jęcze i trudno: kobyłe strzymuje i chce nie chce w grochowiny się obsuwam, bol kulsze rozsadza, w boku skręca!

Ona nade mno się pochyla zmartwiona: Znowuś przeze mnie, znowu przeze mnie pan cierpi, panie Kaziku!

I co sie nie robi? Kiedy tak leże i jęcze, ona mnie czapke zdymuje i po włosach gładzi i przestaje ja syczyć z bolu: truchleje ze strachu.

Matkoboska jedyna! Szarpie ja za lejcy: Jedziem! Nie, nie, niech pan odpocznie! zapiera się ona i, widze, wszystko idzie do tego, o czym ja bojał sie myślić. I kto to robi, ja, ona, czy kto inny, kto sprawił, że leże w grochowinach, a ona mnie włosy gładzi? Rękawem oczy zakrywam, żeby nie widziała, nie bol chce zataić, ale strach, strach!

Gładzi po włosach, po rękach, a ja czuje, że to wszystko rozlatane w środku układa się, uładza. Zdymuje rękę z oczow i łokciami się podperszy patrze z fóry: wszystko w porządku, Siwka trawe poskubuje, ciele sobie listki z brzezinki obgryza, chwóścikiem fajta, droga pusta. Słonko prześwieca się smugami przez chwojki, stoi wysoko. Nu i wyciągam ja rękę i przyciągam uczycielkę do siebie, jak ona w Boga nie wierzy, to pewnie i nie grzech z tako. I prawdziwie, nie opiera sie: oczow nie zamykawszy sunę rękami po nogach i sukienkę podciągam i ściągam: żeby goła była, jak kózytka, i zaraz jednym szarpnięciem zrzucam i resztki, ona mnie całuje po głowie, fe, tego nie lubie, a sobie tylko pasek rozszpilam i rozchylam sie trochu, bo tu nie o to idzie, żeby ja był goły, ale żeby ona, i nie o zwyczajne tam i nazad, ale o coś jeszcze: robie to, co sie robi, ale już pomału przekręcam sie, kłade sie na zdrowy bok, z boku na plecy: tak kręce, żeby i nade mno pokiwała sie rozmodlona jak pod lampo.

Jak z tamtym miastowym: nade mno. A było widniej niż pód lampo, słońce nas z góry oglądało. Ale wcale nie stanęło od tego, dalej zachodziło i wschodziło, żyta dośpieli i przyszła ta subota, zażynkowa, tato rozsiedli się w trawie: trzymajo w kolanach sierpa i ostrzo, a zapalczywie, jakby pół wieku zrzucili! Aż przestawszy skohytać pilnikiem patrzo sie na mnie: Ot medyk, zadumał sie. Jak baran w czołnie! A może ty znowuś chory Kaziuk, a? Co z nim Handzia, co on taki?

Siedze na odziomku, a przede mno pieniek, w pieńku babka żelazna: na takich babkach klepio kosy. Ale czemu ja w ten pieniek zapatrzył sie jak baran w wode, czego ja chce od żelazka. Handzia czeka już gotowa, w ręku koszyk, w koszu jedzenie, Ziutek konewke niesie z wodo, czas iść: rosy nima, słonko het, stoi w pół nieba. A dziś subota, Matkaboska dziś patronko, do zażynku dzień najlepszy: ludzi ido za płotami, radość, śmiech, jak w święto, Koleśniki hurmo wyszli, całym gniazdem, całym rodem, wyruszawszy zaśpiewali: W imie Ojca i Syna już sie żniwo zaczyna, Matkoboska we złocie dopomagaj w robocie! Chata za chato puścieje, wszystko co ma nogi w pole idzie, tylko ja, czemu ja siedze, rozum marnuje, zamiast swoje drużyne w pole wieść?

A temu ja siedze, że w stodole na goździu wisi kosa prawie gotowa: kabłąk obsadzony, płachta przyszyta. Tylko wyklepać i w pole brać! Siedze bo nie wiem:
klepać czy nie?

Jego jeszcze w boku boli, gada Handzia. A może
my sami pójdziem, niech on lepiej w domu siedzi, jak
on taki doniczego?

O, nie, pójde! I to powiedziawszy wstaje, jeszcze nie
wiem, co ja zrobie, co ja wezme, sierp czy kose. Co tu
dumać, niechaj samo sie przeważa: iść zaczynam. Nu
i widze, że mnie nogi wiodo prosto do stodoły: wchodze z niczym, wychodze z koso!

I staje na środku gumna i patrzywszy na kose sam
zdziwiony bardzo pytam sie ich wszystkich:

Co by ludzie powiedzieli na takiego, co wyszedby
dzisiaj z koso?

Tatko patrzo przestraszone: Jakby z koso taki
wyszed, co by ludzie powiedzieli? Powiedzieliby, że
złodziej!

Jakto złodziej?

Nu bo z koso między sierpy? Toż to gorzej niż złodziejstwo!

Ale ja przy pieńku siadam. I rozklinowuje zamek:
jedno ręko trzymam kose za piętke na żelazku, młotkiem w drugiej zaczynam stukać po brzeżku, drobno,
gęsto, równo i dzwonienie równe, drobne leci po gumnie i poza płoty. Tato za głowe sie łapio, uszy rękami
zatykajo! Staneli nade mno, wyraczyli sie, nie wierzo.

Handzia, wołajo, ty zobacz, może mnie oczy zaćmi
ło: Czy Kaziuk kose klepie?

Jakby klepie, mówi Handzia, też nie wierzy. Tato
odstępujo: Kaziuk! odzywajo sie jak z grobu: Tu mnie
Handzia powiedziała, że ty kose, kose klepiesz!

Kaziuk! dopominajo sie znowuś: Może ty nie klepiesz, może ty stukasz ot tak sobie. Czy mniej więcej wiesz, co robisz?

Kiwam głowo, że wiem, wiem ja, co robie. Zakręcili sie tato w miejscu, jak koza w Herodach latajo zbaraniałe, pytajo sie to Handzi, to Ziutka, to powietrza: A może on nam sfiksował? Na co on te kose klepie? Na łąke pójdzie? Toż sianowanie skończone, w tamte środe my skończyli. Do otawy? pytajo sie i sami sobie tłómaczo: Do otawy z sześć tygodni! E, ty Kaziuk myślisz groch kosić! Ale jak to, czy ty nie wiesz, że groch kosi sie po żniwach? Nu to co on kosić chce? Nie Daj Boże co, serdele? Na serdele też nie pora! Nu to co ty możesz kosić, co tu jeszcze do koszenia!

Dobrze tatu wiecie sami, mówie cicho, co tu jeszcze do koszenia.

E, o życie ty nie myślisz! Kręco głowo: Co chcesz gadaj, nie uwierze! Żyto koso?

Nu to zaraz zobaczymy, mówie niegłośno i sprawdziwszy pod słonko, czy brzeżek równo sklepany, osadzam kose w kosisku, zaklinowuje, osiołke biore, ostrze i probuje kose na trawie, czy kosi jak trzeba. Tato dalej gwałtujo, latajo wkoło, bose ale w czapce, w swoim kożuszku, co im jest za koszule i za palcik i za palto. Ty przyznaj sie, naciskajo, ciebie znowuś naszło coś takiego jak wtedy, co ty klona ścioł! Ja tobie Kaziuk radze prosze: ty przeżegnaj sie i zrob trzy razy Boże Bądź Miłościw Mnie Grzesznemu!

Nima grzechu odpowiadam, za dużo tej gadaniny: dobra kosa dla łąki, dobra bedzie i dla żyta. Skończym żniwo za pół czasu! Ale Handzia też coś gada, Kaziuk, prosi, bedzie pośmiewisko, zostaw kose, ale ja zabieram jej sierpy, wtykam w szczelubine nad dźwiami, ręko zagarniam wszystkich, dzieci, Handzie, tata do drogi! Idziem!

Tato, sierpem wymachujo, leco naprzod, klno, dychajo, chco być pierwsze, zająć żyto, dyrdajo przygarbione, oglądajo sie na kose, dawno byli w takiej złości! Wioska pusta, ani żywej duszy, już wszystkie w polu. Ide z koso na ramieniu, płachta świeci sie nad głowo jak chorągwia, ide ważny, strachu mało. Jak ja ruszył rydlem konia, przeklętego, diabelskiego, jak ja klona ścioł świętego, jak spróbował z uczycielko, nu to czego mam się boić? Wracawszy sie wtedy z stacji spróbował ja nowej drogi, przez bagniska podsuszone, na prostki i nic! Nic utopił się, nie ugrząz, a przyjechał za pół czasu. Pomyślało sie mnie wtedy w drodze: a może spróbować kosy? I akurat nawinęła sie pod oczy leszczynka, rozga rowna, prosta, w sam raz dobra na kabłączek. W domu wygioł ja ten kabłąk, spróbował osadzić w kosisku, wyszło. A zaras po nidzieli zechciało sie mnie ten kabłąk płachto obszyć: usiad ja pod szczelubino, tam dzie z Ziutkiem sie pisało, obszył kabłąk po kryjomu. Tylko kosy ja nie klepał, do ostatka nie wiedział, z czym wyjde, z sierpem czy z koso. Nu i z rana sie przegieło, przeważyło sie na kose. Ide z koso, przede mno Ziutek, Stasia, Władzio drypczo, wesolutkie, rozbrykane. Tylko Handzia człapie styłu, jak pokutnica: głowa spuszczona, oczy w ziemie. A przed nami het tato, już do żyta dolatujo. A wzdłuż drogi gęsto w zbożu, już sie ludzi trochu wżeli, rodzina przy rodzinie, śpiewanie, krzyk, gadanina, nachylajo sie, prostujo, czapki, chustki, głowy, plecy. Już sie jakby oglądajo, czy już kose zobaczyli? Pot na czole, pod pachami, ale wszystko to od słonka, bo wysokie, praży z wierzchu, dzień lipcowy, żarko, duszno.

Już i pole, i pierwszy ucząstek, Kozaki, Kozakowe gniazdo, płoski wąziutkie za to długie het, pod kurhan. Ale Kozaki nie żno: stojo, postawali, cichno, patrzo.

Jakby było co strasznego. Ja podżartowuje trochu, czy to kosy nie widzieli i ha ha ha śmieje sie, niby śmieszne to, co mówie, ale choroba sam śmieje sie, coś Kozakom nie za śmieszno. Mówie Boże Dopomóż, odburkujo mnie Bóg zapłać, ale cicho, aby zbyć. Przestraszone? Obrażone? Tak ich kosa obraziła?

Ale i Dunaj też, ledwo ledwo odburkujo, za to każdy swoje oczy na kose, na płachte wytrzeszcza jak na gryfa!

Litwiny tak samo postawali zadziwione. Boże Dopomóż mowie i pytam sie, co tak stoicie jak nieżywe, uważajcie, bo poprzemieniacie sie w figury, ale znowuś nic, żadnego słowa nie słysze, ni złego, ni dobrego ani Bóg zapłać.

Orele tak samo: do roboty sie plecami obrociwszy, mnie oczami jedzo. Tak samo i Mazury. Ale Koleśniki? Panie Boże Wielki Dopomóż mowie głośno, i tyle mam, że Domin głowo kręco, a Dominicha spluwajo w rżysko. Grzegorycha sie ogląda, Grzegorpioter popatruje, Michał patrzy sie spódełba. I Bartoszki, i Jurczaki, czego psiakrew oni chco, patrzo jakby na bandyte! Czy ja, psiamać, co im ukrad?

Stasia z Władziem polecieli do drugich dzieciow na jamy, Ziutek, Handzia chowajo konewke i jedzenie w trawie, w cień, ja osiołke wyjmuje i trudno, toż uciekać nie bede, dzwęg, dzwęg zaczynam ostrzyć kose, prętko kończe ostrzenie i przystępuje do żyta. Żegnam sie, żeb dobrze szło, żyta nigdy ja nie kosił, ależ tato zalatujo z przodu, stojo w życie, ręce rozpościerajo: Kaziuk, proszo, nie zaczynaj! I ja prosze:

Zejdźcie tatu, nie szalejcie.

Ty chcesz mojej śmierci, Kaziuk?

Żyjcie sobie, ile chcecie, ale zejdźcie! Bo skalecze.

Michał! krzyczo oni i jakby mnie biczem chlasneli, bo psiakrew jękneli na całe pole: Broń ojca, krzyczo, czy ty nie widzisz? Tu jakiś szalony przyszed, chce twojego ojca zarżnąć! O, czai sie, czai z koso!

I prawda, zęby ściskam i zamachnąwszy sie koso, patrze czy tato zdążo odskoczyć, ale oni ani drygno! Kose dziobem skręcam w piach, pod samymi ich nogami! Nie czekawszy cap za kołnierz i wynosze tatka z żyta, na droge! Ale widze hurma zbiera sie na drodze, nie żniwujo jeden z drugim, tylko do mnie lazo, patrzyć! Michał podlatuje z sierpem, obrońca, sierpem wymachuje, szanuj ojca, krzyczy, szanuj starego! Zejdź kainie! mówie ostro. A on: To ty, kain, ty! Ale ja nie myśle bić sie ani z bratem, ani z nikim: pierwszy zamach, dobrze poszło, pierwsza garstka ścięta, drugi zamach, trzeci, wiem, że oni stojo, patrzo, czuje z tysiąc świdrow w plecach, ale już mnie wszystko jedno: już ja ruszył żyto koso! Raz za razem ciacham dalej.

Ale słysze Pietruczyche: Nie podbieraj tego Handzia, pódmawiajo swoje córke, czy nie widzisz, że szalony?

I Szymona słysze: Jemu, Kaziukowi, uczycielka coś zadała. Słysze i Domina: Miej swoj rozum, Handzia! Nie podbieraj! Oglądam sie i mówie: Bogu Dzięki nie wy Domin, nie wy Szymon z nio śpicie i nie wam jej rozkazywać. Podbieraj Handzia! A ty Ziutek nie oglądaj sie, rob przewiąsła!

I kosze dalej. I jak to w robocie, złość ustępuje, ciacham i coraz bardziej mnie sie podoba: odwieść kose i żach, i pół kroku! Odwieść kose i żach, i pół kroku! A żyto dośpiałe, kosa aż dzwoni, chręst bardzo przyjemny, ostry. A ścięte słomki płachta nagarnia i chyli na łan. A za mno Ziutek idzie, przewiąsła kręci, układa w rżysku, a Handzia nagięta idzie i skoszone zbiera sprytnie pod pache, a jak pełne przygarść uzbiera, na przewiąsło kładzie. I całkiem zgrabnie kręci sie robota, a te wrony niech tam sobie kraczo na drodze.

Kosze coraz bezpieczniej, już oni i droga daleko, kosa nie sierp, prędka. A może już poszli, odczepio sie?

Zatrzymawszy sie poostrzyć nie słysze śpiewania, co to, żniwujo i nie śpiewajo? Oglądam sie i widze, że połowa żniwuje nad moim przekosem: gadajo, sprzeczajo sie, machajo rękami. Czemuż to ich tak obeszło? Czy którego ja obraził? Czy któremu zrobił szkode?

Dokosiwszy do dziczki, a rośnie ona w środku płoski między końcem a początkiem, zawracam sie do drogi. Widze, że czekajo hurmo. Cóż to, wojna sie szykuje? Ale o co taka wojna? O te sierpy? Czy o kose? Czy o tata? Uczycielko przygadujo, oho, czy kto może nas na fórze widział, w lesie? Czegoż mnie sie z nimi kłócić, toż my tutaj same swoje, Domin, Dunaj, Kozak, Michał. Same swoje, dzie tu wrogi? Tato w broźnie siedzo biednie, łeb spuściwszy, a wkoło gromada. Ale nikt sie nie odzywa, tylko patrzo. Ja zaczynam kose ostrzyć, staje do nich jakby boczkiem, żeb plecami nie obrazić, a oczami nie chce świecić, boby oczy mnie wyjedli, z tako złościo, nienawiścio patrzo sie, że kose ostrze! Nu to ostrze jak najciszej. Ostrze, ostrze. Aż nie moge!

Jak nie tupne! Nu i czego, krzycze, czego tak sie wyraczyli! Czyż, cholera, ja któremu ukrad co?

Stoje patrze, złość mno trzęsie.

Domin głowo pokiwali: Nie choleruj przy żniwach, paskudnie Kaziuk rugać sie dzisiaj, taki dzień, a tu cholery!

Czego wy ode mnie chcecie!

Domin dziwio sie niegłośno: Co tak krzyczysz? Czy to kosa tak cie męczy?

Kosa mnie nie męczy, mówie hardo, koso dużo lżej niż sierpem.

Pokiwali Domin głowo i podchodzo do mnie blisko. Słuchaj Kaziuk, zaczynajo, ja twój chrzestny, rajko twoj. Może Ziutka też wyraje. Ja coś tobie chce doradzić, dobrze bedzie jak posłuchasz: odnieś kose! Zanieś kose do stodoły, przyjdź z sierpami.

Co wam moja kosa szkodzi!

Ty nam Kaziuk żniwo psujesz!

Toż waszego ja nie tykam!

Ale żniemy cało wiosko, razem, zgodnie, każdy sierpem. Jak co roku, jak zawsze, jak Pambóg przykazał. A ty jeden koso chlastasz!

Pambóg nie zakazywał kosy, stryku.

Zakazywał czy nie zakazywał, ale przykazywał szanować żyto. A ty do żyta z koso jak do trawy!

Kosy w gównie ja nie maczał, kosa też nieobraźliwa.

Ale kosa nie do żyta! Koso żyta sie nie kosi!

Nu to bedzie sie kosiło.

Nie, nie możno. Koso, Kaziuk, nie wypada!

Ale czemu? Wytłómaczcie, stryku, czemu? Wytłómaczcie, jak uwierze, to Jejbohu kose rzuce, bede sierpem!

Domin ręce rozłożyli: Jakże takie coś tłómaczyć? To każdy wie, od małego!

A ja nie wiem, mówie cicho.

Nie udawaj ty takiego, co zapomniał, czym sie sra! rozłościli sie Domin. Nu weź, popatrz: Grzegorpioter z świata przyszed i żniwuje po naszemu! A ty? Czyż u niemcow ty chowany?

Widze, że ich nie przegadam, at macham ręko, i zaczynam nowy pokos. Już nie słucham, co gadajo, tylko ciacham, co robota to robota, lepiej robić niż sie sprzeczać. Ale słysze za plecami, Ziutek wypytuje matke, czemu żyto mus szanować. Handzia opowiada podbierawszy, że kiedyś żyto miało kłosy od czubka do samej ziemi. Aż raz w żniwo jedna matka takim żytem podterła dzieciaka, bo sie zgnoił w pieluszki, a Pambóg zobaczył i zgniewał sie: zabrał żyto. I zostaliby sie ludzie całkiem bez chleba, jakby nie pies i kot: pies hau, kot miau do Pana Boga, że głodne, chleba nimajo, i Pambóg ulitował sie i dał im od głodu żyto, ale tylko z jednym kłoskiem. Nu a przy nich i my ludzi pożywiamy sie, toż mówi sie, że człowiek żyje z psiaczej i kociaczej doli.

Chłopiec przestraszył sie: To jak teraz Pambóg zobaczy, że my żyto koso kosim, może całkiem żyto zabrać i chleba nie bedzie?

A kto wie, co Pambóg zrobi.

Nu to trzeba iść po sierpy, radzi Ziutek przestraszony: niechaj tato już nie koszo!

Obracam sie ja i mówie Handzi, żeby nie straszyła chłopca. A ty Ziutek jej nie słuchaj, żyto było, żyto bedzie, a to bajka. Ładna bajka, ale bajka. Taka jak o złotym koniu, o kózytce, konopielce.

Ale mnie nie bajki w głowie, tylko żniwo. Kosze. Kosze coraz dalej, aż do dziczki. A wracawszy sie widze, że hurmy już nima: tylko Szymon i Domin siedzo z tatem w broźnie, inne poszli do roboty: widać w zbożu chustki, czapki, nawet słychać i śpiewanie. Nu i dobrze, już po krzyku. Ostrze kose śmiało, głośno, nie boje sie ich patrzenia. Od razu staje do żyta, kosze.

Ale stare sie zawzieli, znowuś jęczo za plecami:

Żeby on miał z tyłu oko, to by widział, co zostawia. Jakie rżysko.

Pośmiewisko, a nie rżysko!

Ha, ha góry i doliny, same ręby! Koń zębami lepiej strzyże. Oczy bolo na to patrzyć.

Ano, czego chcieć, wiadomo kosa nie sierp!

Same prawde mówisz, Domin. Starczy spoglondnąć za miedze.

O, Michałowe rżysko to rżysko!

Aż przyjemnie oczom patrzyć!

Gadajo tak, szyderujo, język świerzbi, żeb sie odciąć.

A co patrzyć, radze głośno, lepiej weźcie pogłaskajcie. Abo, ha ha ha, abo grzebień weźcie i poczeszcie! Tylko to mnie dziwi, choroba, że wy stare gospodarze i nie wiecie, że każde rżysko, czy spod sierpa, czy spod kosy, bedzie w końcu zaorane. Nu to co wam za różnica, równe ono czy nie równe?

A ta różnica, odcieli sie Domin, że póki co hadkie wygląda hadko! Ty obejrzyj sie za siebie: Wprost rzygać sic chce!

To rzygajcie, zaorze sie, bedzie lepiej rosło, śmieje sie ja, całkiem już swojej kosy pewny, nie pomyślawszy wcale, że Domin obrażo sie. A ich poniosło:

Ty, wurkneli zajadle, z takim słowem do mnie ty? Do chrzestnego, że rzygajcie? O, psiamać, ty widze już całkiem wstyd zatracił, zasrańcu! Żeby Handzi tu nie było, ja by tobie coś powiedział, ty kiernozie nieskrobany!

Ależ stryko obrażalskie, mówie, żeby ugłaskać ich trochu, nima co tej sprzeczki ciągnąć, choć ciekawe, czym mnie straszo? Kosze ostro, aby dalej, trzeci przekos, już ostatni, trzy przekosy płoska ma, nieszeroka. I dokosiwszy do dziczki prostuje sie, oczy napaść: pół mojego żyta w garściach, drugie pół na pniu, tyle kosić, co skoszone.

Ziutek leci po jedzenie, wode, przyprowadza dzieci z jamow: rozsiadamy sie pod dziczko, w chłodku. Żujem placki, oj gliniaste, bo kartofli z otrębami. Póki chleba nie nakosim, nie namłocim, nie napieczem, trzeba żuć te zakalczyki. Dzięki Bogu już niedługo tego żucia: niezadługo młody chleb, aj, młodziutki, toż to bedzie! Żujem placki, mleko pijem, ależ Handzia, spoglądawszy na droge i na tamtych, gada, że prawda, koso prędzej, ale trochu szkoda, że nie żniem w gromadzie.

A to czemu, pytam.

Pośpiewałoby się z kobietami.

A to ty niewyśpiewana? Jak tak bardzo chcesz, to śpiewaj, posłuchamy sobie z Ziutkiem.

Aha, mądry! Weź śpiewaj za koso, jak ledwo uśpiejesz podbierać!

Nima prędzej bez ciężej, mowie. Za to wcześniej żniwo skończym, bedziesz mogła sie naśpiewać.

Co z tego, krzywi sie ona: żniwki śpiewa sie do żniwa, nie po żniwach. I przypomina mnie, że Domin nie chcieli czegoś przy niej gadać. Ja kręce głowo, że nie wiem, ale ona podpytuje: Czemu niby ty bez wstydu? Czy ty Kaziuk co nabroił? Ty coś taisz!

Co ja mam taić! łże śmiało: Ot, bresze coś stary plejta. A może, choroba, może noco kto podgląda nasze figli. Handzia zaraz czerwienieje, w bok sie patrzy.

Może dzieci wygadali? A ty aby Ziutek noco tata z mamo nie podglądasz?

Nie! broni sie od razu, głowo kręci: Ja noco śpie.

Może udajesz?

A dzie tam! Jak wy z mamo zaczynacie, to ja zawsze dawno śpie!

To pamiętaj, śpij, bo jak przyłapie, to oberwiesz, mówie. Nu tak, to może im tato co napletli z zemsty za kose? A zreszto, macham ręko, czy ty nimasz czym głowy suszyć?

I wstaje do kośby. Jeszcze ręce niezmęczone, plecy też nie bolo jeszcze, znowuś kosze, teraz przekos aż pod kurhan. Sierpy z tyłu się zostali, z nikim sprzeczać sie nie trzeba. Machawszy ostro, pod wieczór mam skoszone całe płoske, akurat w pore: Handzia idzie gotować wieczerze i świniam, my z Ziutkiem bierzem sie do wiązania snopkow.

Wiążem od końca do kurhana. Ziutek podciąga snopki w kupy po dziesięć, i zaraz ustawiamy: trzy na trzy, a dziesiąty rozchylam w kłosach na boki, żeby był jak czapa i te czape nasadzam na wierzch. I tak jeden po drugim wyrastajo za nami środkiem płoski dziesiątki, jak słomiane budyneczki, równiusieńkie i pod oko.

A słonko siada już czerwone na suraskie lasy, gaśnie ogromniaste, za drzewami chłodek sie rozciąga, smugi ścielo sie po polach. A na mokrzejszych miejscach mgły wyłażo z trawy: na Stawisku, w Gaju, na małej rzeczce i chlapie za wierzbo, na Mazurowym korycie, wszędzie mgły tam bielejo, dzie była rzeka, stojo białe jak dusza nad nieboszczko. I jak to sprzed noco, ziela pachno. A dziewczęta śpiewajo: Czas do domu czas, zamknoł sie nam las, a baby odśpiewujo jękliwie, niesie sie: Na trzy kłodki, na dwa zamki, czas do domu taplarzanki, czas do domu czas!

I na innych płoskach staneli dziesiątki, ale nikt tyle nie nażniwował co my! Michały żeli we czworo, tato pomagali im na piątego, a wszystko jedno: nas tylko trójka, a nażeli my ze dwa razy tyle co Michały.

Wiązawszy, ustawiawszy podchodzim bliżej do drogi, między ludzi. Ale nikt nas nie zaczepia, jakby kose zapomnieli.

Tylko tato stojo prosto, korco ich moje dziesiątki.

Aż nie wytrzymujo: łapio jeden snopek, stawiajo gomlem na rżysku, jak nie krzykno: Ej, sąsiady! widzicie? Widzieli wy jakie snopki Kaziuk wysztukował? O, w talji jak panienka, a w kłosach jak mietła! Michalicha z siostrami śmiejo sie: cha, cha, jak mietła, poszturchujo sie.

Nie snopek ale wierba! krzyczo Domin rozpaliwszy sie na nowo i nioso swoj snopek przez szóste miedze: Snopek, bratku, ma wyglądać tak! I koło mojego snopka, koso koszonego, stawiajo swój snopek, sierpem nażęty. I prawdziwie, ładniejszy jest, mało przewężony, ścisły jak równianka na Zielne, słomka do słomki przylega jak zapałki w pudełeczku.

O, to jest snopek! chwalo tato. A tamto? Mietła, kołtun, marnowanie żyta!

Jakież marnowanie, odpowiadam ja spokojnie. Czy z mojego snopka gorsza sieczka bedzie? Gorsza słoma na podścioł?

Ale porównaj wage, chwalo sie Domin: mój snopek, o, jaki ciężki, z pół puda! A twój, hehe, toż to puch! Pierzyna! Moj ze trzy twoich roztrzepańcow w sobie ma! Moje snopki ułożo sie w stodole jeden przy drugim jak zapałeczki! A twoje? Najeżone takie, że i dwóch stodołow mało.

E, zmieszczo sie, zmieszczo, próbujo godzić nas Dunaj: nie taki tam z Kaziuka bogacz.

Nie bogacz i jeszcze tyle marnuje, złoszczo sie tatko: Ty zobacz Dunaj, nu obejrzyj sie, ile on koso słomy, ile kłoskow narozciągał po rżysku. A ile kłoskow naobijał, tu w piachu ziarka aż świeco! Wróbli tu zleco sie z całego Rozgnoju!

E tam, nie świeco sie, pocieszam tata, pod cepem kłos ledwo puszcza, a od kosy ma wysypać? A te słomki rozwleczone jutro Ziutek pozbiera: ot, przeleci sie z grabiami i po biedzie.

I wziąwszy sie pod boki mówie do nich wszystkich, co sie zeszli szyderować:

Wymyślacie tamto i różne owamto, a najważniejszego nie widzicie: że sie koso kosi prędzej! Ze trzy razy prędzej niż sierpem!

Prędzej, prędzej, przedrzeźniajo mnie Domin: a czy to o prędzej idzie człowieku?

A o co?

Żeby było po bożemu! Tak jak trzeba, ładnie i z poszanowaniem! A ty żyto poniewierasz!

Nu to dobrze, jutro przyjde z nożyczkami, co? Bede ścinał żytko po żytku, każde słomke pocałuje i dopieroż na przewiąsło położe. A Domin na to kościelnym głosem: Posłuchaj, co ja, człowiek stary, tobie powiem. Czy ty naprawde, Kaziuk, nie wiesz, że nie prędzej w robocie najważniejsze? Jakby szło o prędzej, to możno konia puścić z bronami, całe płoske wytrachtuje tobie do obiadu, jeszcze prędzej niż koso!

Grzegorpioter bierze mnie pod łokieć: Na co tobie ta kosa, pyta sie smutno. Ty więcej już koso nie koś, prosi, pojutrze ty przychodź z sierzpem.

A tato: Pojutrze? On i jutro robić wyjdzie, w nidziele! Jak on kosy sie nie wstyda, to on i nidziele naruszy!

A Domin: Prawdziwie, jak ty z koso do żyta wyszed, to już tobie nic nie święte!

W piątki bedzie mięso jad! przepowiada Grzegorycha.

Przed krzyżem czapki nie zdejmie!

Obrazy pozdejmuje!

Żonke porzuci!

Bez ślubu żyć bedzie!

Boga wyprze sie!

Posłuchaj mnie, Kaźmierz, odzywa sie znowu Grzegorpioter: Żyjesz w ludziach, żyj jak oni. A ty mądrzysz sie, wywyższasz, sierzpy masz ty za nic! A tych, co sierzpami żno, bierzesz bratku za durniow!

Gadaj od razu, że my dla ciebie durne, napluj nam w oczy, to my sobie pójdziem, odzywajo sie Szymon z broźny, ale tak smutno, że nie chce sie mnie ani żartować, ani mądrzyć sie: Nie stryku, mówie, wcale nie, czy ja mówił, że wy durne?

Rozżalili sie wszystkie:

To czemu nas nie uszanował, czemu nie żoł z nami?

Czemu Handzia z nami nie śpiewała, toż w śpiewaniu ona piersza!

Czemu ty nam żniwo zepsuł!

Czyż ja zepsuł? bronie sie jeszcze.

Zepsuł ty! łupnoł Michał kułakiem w kułak: Jak jest judasz na weselu, nima wesela!

Okrążyli mnie w pietnaścioro, mężczyzny, baby, dziewczęta. Ziutek ze strachu szarpie mnie za nogawke. No to mówie głośno, że nie dla obrazy wyszłem, a oni od razu, nie dawszy skończyć: Słyszeli? On powiedział: wyszłem! Jak urzędnik!

Ludzi, ja nie dla obrazy wyszed, mówie jeszcze raz: czy ja wróg wasz? Czy nie sąsiad? Ja chciał wcześniej pożniwować. Sierpem żąłby ja do Zielnej, a koso skończe na Anne, koso ze trzy razy prędzej.

A co ty z tym prędzej, rozzłościli sie Domin, dokąd tobie tak śpieszno, człowieku? A tato rozwściekłili sie: prędzej, prędzej, gada o tym prędzej, a psiamać, wcale nie prędzej! Nastawiał dziesiątkow, toż to puch nie snopki. Wcale koso nie prędzej, nie wierzcie, on łże!

Jakże nie prędzej, mówie, toż starczy tatu popatrzyć na płoske Michałowe i na moje: dokąd który dożoł.

A pewnie że nie prędzej, krzyczy i Grzegorycha: Nabortał, naczapierzył snopkow, a wcale nie prędzej!

Nu co wy Grzegorycha, dziwie sie kobiecie, dziwie sie ludziom, co z nimi, czy im w głowach pomieszało. Czyż nie widzo? A tu Michał ogłasza: Koso nie prędzej. Prędzej sierpem! Ja więcej nażoł!

Tak tak, sierpem więcej, krzyczo już cało gromado: Michał więcej nażoł! O, dużo więcej sierpem nażoł. Próbuje przekrzyczyć: Co wy, ludzi, jakże nie więcej, toż widać! Ja skosił do końca, a Michał do połowy nie doszed!

Łżesz!

Łżesz po ciemku!

Chwalisz się, bo ciemno!

Michał do końca, a ty do połowy!

Jak wam ciemno, to chodźcie, wołam, chodźcie, zobaczym z bliska, kto więcej nażoł!

A chodź! Chodź! I tak nasza prawda!

Sierpem więcej!

W oczy łże!

Ide pierwszy, oni za mno hurmo, a gadajo, za plecami, klno, jakby na bitwe! Idziem, idziem i dochodzim tam, dzie Michał skończył żniwo: koniec rżyska, żyto rośnie. Nu a u mnie rżysko jeszcze i dziesiątki ciągno sie hen, gino w ciemku.

I kto więcej? pytam sie.

Michał więcej! krzyczo tato. Sierpem więcej Michał nażoł! Jak nie wierzysz, pytaj ludziow!

Tak, tak, potakujo z cicha, Michał więcej! I coraz głośniej jeden drugiemu tłómaczo: Pewnie że Michał! O, sierpem dużo więcej nażoł, co sierp bratku to nie kosa!

A ty, Kaziuk, łżesz po ciemku!

Łgun!

I judasz!

Faryzeusz!

Ludzi zmiłujcie sie, prosze, co wy tu wygadujecie! Toż moje dziesiątki ciągno sie pod kurhan. Kto nie wierzy, niech idzie za mno!

Ja nie wierze!

Nikt nie wierzy!

A co wierzyć judaszowi!

A że ide, ido za mno, dychajo, kaszlajo, klno, idziem kupo przygarbione, czy mnie rozum pomieszało, myśle, ale patrze: nie, Michałowe żyto rośnie, widze dobrze, a pod naszymi nogami rżysko chręści, i co trochu to dziesiątek! I tak dochodzim do końca, do ostatniego dziesiątka pod samym kurhanem. Koniec. Broźna. W piach wstromiona czeka kosa.

Biore kose. Stoim cicho ponad broźno. I co teraz?

Michałowego dwieście kroki, naszego pięćset! ogłasza cienko Ziutek i tate znowuś poderwało: A pójdziesz ty, czercie nasienie! zachrypieli i cap ręko za koszule, ale wyrwał sie, za dziesiątek odskoczył, tato za nim: i naraz jak nie złapio snopka, jak nie machno w cudze żyto! I drugiego i trzeciego! I Michał podskakuje i Domin i Szymon, szarpio przewiąsła, rozrywajo moje snopki, rozrzucajo, przeklinajo! Aż mnie w głowie zahuczało.

Won, wynocha! chrypie do nich i nachodze ostro z koso. Won, bo zarżne, uh wy hady! Odskoczyli, odstępujo do gromady, ja nachodze na nich biały, ręce trzęso sie ze złości, kosa brzęczy: Uh wy, co ode mnie chcecie!

Rzuć te kose, proszo tato, odstępujo krok po kroku: Koso, Kaziuk, Śmierć żniwuje! Kaziuk! Ty jak śmierć w Herodach!

I nachodze na nich z koso, nachodze jak Śmierć w Herodach, i odstępujo ze strachem, całkiem jakby przed Kostucho, a każdy patrzy sie w kose, czy nie ciachne po goleniach, rżysko chręści pod nogami, Ziutek w ciemku popłakuje, a tato jęczo do tamtych, że nic to, nic, co tam kosa, sierpem prędzej, o, ludkowie, sierpem lepiej!